쇼핑중독

쇼핑중독

초판 1쇄 발행 2021년 4월 21일

지은이 비온다
펴낸이 장길수
펴낸곳 지식과감성#
출판등록 제2012-000081호

교정 양수진
디자인 정윤솔
편집 정윤솔, 이은지
검수 정은지, 이현
마케팅 고은빛, 정연우

주소 서울시 금천구 벚꽃로298 대륭포스트타워6차 1212호
전화 070-4651-3730~4
팩스 070-4325-7006
이메일 ksbookup@naver.com
홈페이지 www.knsbookup.com

ISBN 979-11-6552-798-3(03810)
값 14,000원

- 이 책의 판권은 지은이와 지식과감성#에 있습니다.
- 이 책 내용의 전부 또는 일부를 재사용하려면 반드시 양측의 서면 동의를 받아야 합니다.
- 잘못된 책은 구입하신 곳에서 바꾸어 드립니다.

지식과감성#
홈페이지 바로가기

비온다 지음

쇼핑중독

지식과감정#

Never give up.
If you want to be something,
be conceited about it.

Give yourself a chance.
Never say that you are not good,
for that will never get you anywhere.

Set high goals.
That is what life is all about.

절대 포기하지 마라.
소망하는 것에 대해서만큼은 교만할 정도로 자신감을 가져라.

할 수 없다고 단정 짓기 전에 그대 자신에게 기회를 줘보라.
절대 스스로 못났다 생각지 마라.
그런 잡념들은 결코 그대 인생에 득이 될 것이 없다.

높고 높은 인생의 목표를 세워라.
그 목표가 그대 인생의 전부가 되리라.

— Mike McLaren —

목차

01. 가출 — 8
02. 토니 번(Tony Bern) — 15
03. 신용카드 — 21
04. 포스트잇 — 27
05. 전능함(Omnipotent) — 33
06. 한국어 일기 — 38
07. 쇼핑중독 — 42
08. 새 친구? 세 친구! — 52
09. 진료차트 — 60
10. Pick up — 70
11. 로봇남 — 76
12. 복선(伏線) — 85
13. 주칠(7)파 — 94
14. 유럽 배낭여행 — 102
15. 프러포즈 — 112

16. 모래성(上)	117
17. 모래성(中)	122
18. 모래성(下)	131
19. 이별 그리고 또 이별	140
20. 아름다운 남자	146
21. 떡대	153
22. 잠실대첩	168
23. 혼인신고서	183
24. 주워 온 책장들	193
25. 미션(Mission)	209
26. Antonio Bernini	215
27. 만장일치	222
28. 아름다운 밤이에요!	231
29. 최고의 복수	238
30. 쇼핑이 좋아!	249

01
가출

지금 시간이 몇 시나 되었을까? 여기가 어디라고 했지? 신라호텔? 아니 백제호텔이었나? 여하튼 난 지금 이 이상한 의자에 앉아 억지로 웃고 있어야 한다. 왜냐하면, 난 오늘 이 결혼식의 주인공인 신부이니까….

지금 나를 둘러싼 이 들러리들, 실은 얘네 중에 내가 알고 있는 사람은 아무도 없다. 얘네들 전부 들러리 아르바이트생이다. 난 도대체 인생을 어떻게 살았길래 신부 들러리 서줄 친구도 하나 없는 거냐? '웨딩플래너'란 사람도 참 대단하다. 어디서 이런 연기력 좋은 아르바이트생들을 구해 왔을까?

분명 난 오늘의 주인공이다. 수없이 많은 사람이 끊임없이 이 신부대기실로 들어와 나를 축하해 준다. 그런데 대부분 내가 모르는 사람들이다. 솔직히 나는 오늘 내가 누구랑 결혼하는지도 잘 모르겠다. 아니 그러니까 내 말은 누구인지는 아는데 잘 알지 못하는 사람이란 뜻이다. 이름이 이상해서 '이상신'이었던가? 아니 '김상신'이었나? 아씨! 긴장해서인지 남편 이름이 도무지 기억이 나질 않아! '이상신'이 맞는 거 같다. 그래 맞아! 내 남편 이름은 이상신이다.

약 한 달 전에 이 남자랑 선을 봤는데 나이는 나보다 한 여덟 살쯤 많고 그 유명한 대기업, 국제상사 회장의 손자라고 했다. 우리 아빠는 국제상사에 뭔가를 납품하는 회사의 사장인데 사실 난 아빠가 뭐 하는 사람인지 잘 모른다. 히히! 여하튼 우리 아빠가 국제상사 집안에 어떻게 연줄이 닿았는데 그래서 선도 보게 되었고 그때 만난 그 남자가 오늘 내 남편이 될 것이다.

돌이켜 보면 난 참 아빠 속을 많이 썩인 나쁜 딸이다. 우리 아빠도 항상 나를 그렇게 불렀다. '이 나쁜 딸'이라고…. 뭐 나도 그렇다고 생각한다. 나는 '나쁜 딸'이 맞다. 잉잉!

중고등학교 시절에 난 반에서 꼴찌를 놓친 적이 거의 한 번도 없었다. 내 석차랑 반 학생 수가 늘 거의 같았단 말이다. 우리 아빠도 참 대단한 사람이다. 수능 끝나고 내 성적표를 보자니 도무지 갈 수 있는 대학이 없었다. 그래서 우리 아빠가 어디서 뭘 좀 알아보더니 날 미국의 명문대인 예일대학교에 입학시켰다! 물론 그것은 기부금 입학이었다. 아빠가 나 여기 보내려고 10억쯤 썼다고 엄마가 엄청나게 잔소리 퍼부었었다.

영어 단어 'Wonderful'의 스펠링도 모르는 내가 미국 대학에 간들 공부를 잘할 리가 없지 않겠냐? 2년간 그 대학을 다니는 동안 내 성적은 'All D'였다. 게다가 어떤 친구가 속상해 울고 있는 나에게 담배를 한 대 주기에 피워봤다. 세상에 담배 한 모금 빨았더니 어찌나 기분이 좋던지! 그런데 알고 봤더니 그건 대마초였다. 게다가 또 걸렸다. 경찰서까지 끌려갔다. 학교에서 퇴학당했고 하다못해 미국에서도 추방당했다.

나는 이렇게 '폭망'해서 집으로 돌아왔고 마지막으로 우리 아빠가 선택한 것은 바로 '취집'이었다. 오늘 내 남편이 되실 이상신 님을 만나 뵙기 위해 우리 아빠가 '마담뚜'들에게 퍼부은 돈이 10억쯤 된다고 엄마가 또 잔소리를 퍼부었다. 언제부터인가 우리 엄마는 예일대학에서 날린 10억을 합해 나를 20억이라고 불렀다.

"야, '이씨벅(20억)!' 얼른 내려와 밥 먹어!"

이렇게 말이다.

나는 운동도 못하고 노래도 못한다. 하다못해 글씨도 악필이라 내 글씨를 나도 잘 못 알아볼 때가 많다. 거울을 보고 있자면 그리 인물이 없는 편은 아닌데 지금까지 평생 연애도 한번 못 해봤다. 남자 친구는 됐고 왜 난 동성 친구조차 하나도 없는 거냐?

그런 나의 유일한 낙은 쇼핑이다. 나는 L백화점, H백화점, S백화점 그리고 G백화점의 자랑스러운 VIP 회원이다. 나의 한 달 카드값은 어지간해서 천만 원 밑으로 잘 떨어지지 않는다. 매달 카드고지서가 집으로 날아오는 날이면 어김없이 난 종일토록 엄마한테 '미친년'이란 소리를 들어야 했다.

"장내에 계시는 하객 여러분께 안내 말씀드립니다. 잠시 후, 신랑 이상신 군과 신부 서민주 양의 결혼식이 진행될 예정이오니 식장으로 입장하시어 자리에 앉아주시기 바랍니다!"

헉! 어떡해? 이제 시작한대! 진짜 나 결혼하는 건가? 지금 저 목소리 내는 결혼식 사회자 아저씨가 되게 잘나가는 방송국 아나운서라던데? 아! 아직 내 소개를 안 한 거 같네! 내 이름은 '서민주'! 나이는 스물세 살이다!

들러리 이모님이 날 어디론가 끌고 간다. 헉! 아빠다! 맞다! 신부는 아빠 손 잡고 걸어 들어가는 거였지! 혹시 이거 지금 꿈꾸는 건가?

"우리 딸 오늘 예쁘네."

아빠가 나더러 예쁘단다. 아빠한테 예쁘다는 소리 들은 거 평생 처음인 거 같다. 저기 앞에 이상신 아저씨가 서계시네. 아따, 내 남편! 얼씨구, 씩씩하게 잘 걸어 들어간다.

"다음은 오늘의 주인공 신부의 입장이 있겠습니다. 다들 자리에서 일어나 큰 박수로 맞이하여 주시기 바랍니다. 신부! 입장!"

사회 보는 저 아저씨 목소리 진짜 멋지다. 하긴 목소리로 밥 벌어 먹고사는 아나운서라니까 당연한 걸까? 저 아저씨는 좋겠다. 목소리 재주라도 있으니까. 난 아무것도 할 줄 아는 게 없는데….

생각해 보니 마지막으로 아빠 손 잡아본 지가 언제인지 기억도 안 난다. 저 앞에서 이상신 씨가 날 쳐다보고 있다. 주위에서 그러는데 저 아저씨가 완전 엄친아란다. 서울대 나와서 미국 스탠퍼드대학으로 유학을 가서 박사학위 마쳤고 국제상사 차기 총수감이란다. 키 크고 얼굴도 잘생겼다. 하다못해 피아노도 잘 치더라! 나한테 피아노 치면서 프러포즈했었거든….

저 아저씨는 나를 고작 한 달 알고 지냈는데 이 결혼이 진짜 하고 싶을까? 사실 난 지금 결혼하기 싫다. 난 이제 겨우 스물세 살이다. 하고 싶은 게 얼마나 많은데…. 근데 저 아저씨는 엄청나게 결혼하고 싶었나 보다. 결혼해 달라고 나한테 엄청 졸라대서 내가 거절할 수가 없었다.

헉! 내가 언제 여기까지 왔지? 분명 조금 전까지 아빠 손 잡고 있었는데 지금은 이상신 씨 팔을 잡고 있다. 앞에는 웬 할아버지가 서있다. 그래 이 사람이 주례다. 이 할아버지가 전직 국회의장이었다고 했어! 근데 국회의장은 뭐 하는 사람이지?

"신랑 이상신 군은 여기 장내에 있는 하객들 앞에서…."

아이고! 이 할아버지 엄청나게 졸린 이야기만 하네! 검은 머리가 파가 어떻게 되었다고? 애 낳고 살다가 부부는 물로 칼을 벤다나? 아, 칼로 물을 벤다고? 그런데 칼로 물을 벤다는 게 무슨 말이지?

"…신랑 이상신 군은 신부 서민주 양을 아내로 맞이하겠습니까?"

"넵!"

깜짝이야! 이 남자 왜 이렇게 세게 소리를 지르는 거야?

"신부 서민주 양은 신랑 이상신 군을 남편으로 맞이하겠습니까?"

뭐라고? 이 할아버지 나한테 왜 그런 걸 묻는 거야? 내가 꼭 대답해야 해? 대답하기 싫은데! 도망가 버리고 싶다! 여기 있기 싫어! 당장 여길 벗어나고 싶다. 그래? 그럼 그냥 도망가면 되잖아? 혹시 잡히면 사람들이 날 죽일까?

"신부 서민주 양은 신랑 이상신 군을 남편으로 맞이하겠습니까?"

이 할아버지 또 묻는다. 정말 모르겠단 말이야! 나는 대답하는 대신 이상신 씨를 돌아보며 이렇게 말했는데….

"저기요 상신 씨…. 정말 미안해요!"

나는 '미친년'이다. 완전 '또라이'다. 저기서부터 아빠 손 잡고 걸어 들어온 이 길을 이번에는 뛰고 있다. 고등학교 체력장 때에도 이렇게 뛴 적이 없는 거 같은데…. 아씨! 근데 이 옷 치마가 왜 이렇게 길어? 아무리 둘둘 말아도 계속 끌려!

"민주야! 멈춰! 민주야! 민주야!"

아빠 목소리야! 안 돌아볼래! 잡히면 날 죽일지도 몰라! 뛰어 계속 뛰어! 마침내 호텔을 빠져나왔다! 근데 출구가 어딘지 모르겠다. 아 저긴가? 택시가 줄줄이 서있어! 일단 타자!

"아저씨! 빨리 출발해요! 빨리 어디든 가요!"

빨리 출발하라고! 저기 봐, 우리 아빠가 뛰어나왔잖아! 잡히겠어! 오! 출발한다! 빨리 가라 빨리….

아빠가 차창을 두들기는데 사파리 사자가 버스 창문을 두들기는 거 같다. 하지만 아빠가 자동차를 따라잡진 못하겠지. 차창 밖을 쳐다보니 아빠의 모습이 점점 멀어져 간다.

나 오늘 지금껏 평생토록 참고 있었던 것 하나를 하고야 말았다. 그게 뭐냐고? 가출 말이야!

02
토니 번(Tony Bern)

오늘은 나의 결혼기념일이다. 아, 아닌가? 정확히는 결혼할 뻔했던 날이다. 3년 전 11월 6일에 희대의 미친년, 나 서민주는 결혼하는 중에 식장을 뛰쳐나왔다. 이상신 씨는 잘 지낼까? 보고 싶은 거는 아닌데 지금도 정말 미안해! 그렇지만 뭐 잘 살 거다! 그 사람 '엄친아'라고 했잖아!

그러는 나는 요새 뭐 하고 사냐고? 나는 강남역 근처에 있는 진짜 큰 패밀리 레스토랑에서 웨이트리스로 일하고 있다. 이곳에서 나는 평범한 웨이트리스가 아니다. 뭐랄까? 나는 웨이트리스계의 이순신? 뭐 그런 존재다.

이곳에서 일한 지도 벌써 2년 정도 된 거 같다. 그전에는 편의점 일도 해보고 빌딩 화장실 청소부도 해봤다. 편의점에서는 돈 계산 못한다고 쫓겨났고 청소부 일은 더러워서 내가 관뒀다.

지금 생각해 보면 난 진짜 개념 없는 인간이었다. 3년 전에 택시를 타고 무작정 가출을 했는데 생각해 보니까 웨딩드레스 차림에 지갑이 없더란 거다. 그래서 내가 어떻게 했게? 택시비 만오천 원 대신에 손에 끼고 있던 2캐럿 다이아몬드 반지를 기사에게 빼주고 내렸다. 난 그때 그 콩알만한 반지가 지금 내가 살고 있는 집의 전세금보다 비싼 건지 전혀 몰랐다.

성당에서 운영하는 노숙인의 집에서 자보기도 했다. 잠을 자는데 옆에서 같이 자던 아줌마가 한밤중에 내 가슴이랑 온몸을 마구 만진 적도 있었다. 미친 레즈비언한테 성추행당한 게 이 정도라면 진짜 강간당하면 자살할 생각도 생기겠다 싶더라!

진짜 한국은 혼자 사는 여자의 지옥이다. 어찌어찌 돈을 모아 겨우 옥탑방에 내 평생 처음으로 보금자리를 만들었다. 근데 어떤 변태가 허구한 날 해 떨어지면 옥상으로 올라와 날 훔쳐보더란 거다. 난 없는 형편에 돈을 열심히 모아서 전기충격기를 하나 샀다. 그리고는 또다시 내 집을 기웃거리는 그 자식 뒤로 몰래 다가가 정통으로 등 뒤에 전기충격을 한번 때려줬다. 그랬더니 어떻게 되었게? 경찰이 나를 잡아갔다!

그 옥상은 공동구역이라 공동구역의 행인을 내가 전기충격기로 상해했다는 거다. 그리고 나를 훔쳐본 혐의는 증거가 없어서 기소가 안 된다고 했다. 경찰아저씨가 나보고 CCTV 같은 거로 촬영한 거 없냐고 묻던데 옥탑방에 CCTV를 달아두는 인간이 어디 있냐?

여하튼 난 행인을 폭행한 폭력범이 되었기 때문에 유치장 신세를 면하기 위해서 그간 모은 돈을 내가 전기충격기로 쓰러뜨린 변태한테 모조리 다 갖다 바쳐야 했다.

슬픈 이야기는 그만하고 여하튼 그 뒤에 취업한 곳이 이 패밀리 레스토랑이다. 나에게는 위대한 능력이 하나 숨겨져 있었다. 이 식당에서 일하기 전까지 나에게 그런 위대한 능력이 있는지 나 자신도 미처 몰랐다. 난 암기력의 여왕이었다. 첫날부터 나는 식당에서 엄청나게 인정받았다. 왜냐고? 난 열 개의 테이블 주문을 받아 적지 않아도 모두 외울 수 있는 초능력을 가졌기 때문이다.

내가 이 식당에서 일하기 시작한 후 식당의 매출이 많이 올랐다고 한다. 매니저 언니가 그렇게 이야기해 주었다. 그런데 사실 난 그 말이 무슨 말인지 잘 모르겠다.

지금껏 난 주문을 한 번도 틀리게 받은 적이 없다. 그리고 왜 보통 잘하지 못하는 애들 보면 그러잖아….

"몬테크리스토 어디에 둘까요? 맥주 어디에 둘까요?"

아니, 그런 걸 왜 손님한테 묻는 거지? 난 테이블 내에서도 어떤 손님이 어떤 음식을 시켰는지까지 외운다. 그리고 묻지 않고 바로 그 사람 앞에 갖다준다.

'프라다 든 애는 몬테크리스토, 롤렉스 짝퉁은 맥주….'

이렇게 속으로 외워뒀다가 자기 것 잘 갖다주면 일이 훨씬 빨리 끝난다. 그래서 나는 다른 애들보다 시급을 2천 원이나 더 많이 받는다.

근데 왜 난 여기서도 왕따일까? 여기 식당에서 일하면서 내가 이야기 나눠본 사람은 매니저 언니 한 사람뿐인 거 같다. 에이 모르겠다! 난 어차피 혼자 산 인생이야!

하여간 이토록 열심히 일하면 월급은 한 200만 원 정도? 이제 난 더 이상 옥탑방 같은 곳에서 살지 않는다. 안전하고 안락한 오피스텔에서 살고 있다.

지금의 내 삶은 완벽하다! 내 평생 처음으로 누군가에게 '잘한다'라는 칭찬도 듣고 있고 나만의 공간인 오피스텔에 가면 나를 '이씨벽(20억)'이라 부르는 엄마도 없다. 묵묵히 내가 주는 밥을 잘 처먹는 금붕어 한 마리가 나의 외로움을 달래주고 있다. 단, 한 가지 아쉬운 점은 쇼핑이 너무 하고 싶어 미치겠다는 거다!

언젠가 명동에 있는 S백화점에 한번 가봤는데 가난해지고 나니 코너 직원하고 눈도 못 마주치겠더라. 가격이 다 미친 거 같았다. 블라우스 한 벌이 170만 원짜리도 있던데 어떤 미친년이 저걸 사지? 누구긴 누구야? 3년 전의 서민주 같은 년이 사겠지….

그래서 대리만족을 할 만한 좋은 취미를 하나 만들었다. 강남역 국기원 있는 언덕에 오르는 길에 건물 전체가 다 커피숍인 데가 있다. 가게 간판에 '쇼핑'이라고 적혀있길래 처음 들어가게 되었다. 나중에 안 사실이지만 그 가게의 이름은 사실 '쇼팽(Shopin)'이었다. 쇼팽은 피아노를 엄청나게 잘 쳤던 음악가라고 사장 언니가 말해줬다.

'쇼팽'에 가면 패션 잡지가 엄청 많았다. 난 거기서 커피 한 잔을 시켜놓고 그 잡지를 읽으면서 쇼핑하고 싶은 마음을 달래곤 한다. 잡지에 나오는 옷들을 잘 기억하고 갖고 싶은 것이 있으면 보세 상점에 들러서 비슷한 것을 사면 되니까….

그러던 어느 날이었다. 그날도 난 쇼팽에서 가짜 쇼핑을 즐기고 있었다. 패션 잡지를 읽고 있었다는 뜻이다. 그런데 어떤 외국인 남자가 나를 뚫어지게 쳐다보는 것이었다.

'지금 날 꼬시려는 건가? 눈 마주치지 말자.'

무시하고 독서에 집중하고 있는데 어머나! 갑자기 그 남자가 내 쪽으로 슬금슬금 다가오기 시작했다. 좀 겁이 나기 시작했다. '저 시간 없어요!'를 영어로 뭐라고 하더라? 그냥 '빽큐!'라고 할까? 그런데 그런 고민이 무색하게끔 이 자식이 한국말을 잘하더란 말이다!

"저 실례합니다. 잠시 이야기 좀 해도 될까요?"

이 자식 혹시 미국판 '도를 아십니까?'인지 별의별 생각이 다 들었는데 그 사람이 난데없이 명함을 하나 꺼내더니 나에게 건네주는 것이었다.

"제 이름은 토니 번입니다. 토니번사(社)의 사장이지요."

나도 가출하고 3년간 산전수전 다 겪었다. 지금 그 말을 믿으란 거냐?

그 유명한 토니번의 사장이 너라면 난 '장희빈'이다!

"우리 회사에서 일해보시겠습니까? 혹시 생각 있으면 그 명함에 적힌 연락처로 연락해 주세요. 당신한테 꼭 알맞은 일이 있습니다."

허! 웃기네! 찾아갔다가 인신매매라도 당하는 거 아냐? 그런데, 그 백인 아저씨는 그 말만 하고는 사라졌다. 그때 사장 언니가 이렇게 말했다.

"저분 진짜 토니 번 맞아요. 토니번 회사가 본사를 서울로 옮긴 거 아시죠? 저분 최근에 여기 자주 왔어요."

사장 언니가 이렇게 이야기했을 때 난 받은 명함을 만지작거리며 속으로 이렇게 생각했다.

'오우! 예에!'

03
신용카드

좀 떨린다. 왜냐고? 나 지금 토니 번 사장님한테 전화하고 있는 중이다. 쇼팽에서 받은 명함에 있는 연락처로 전화하는 중이란 말이다. 안 받으면 어떻게 하지? 아니 받으면 어떻게 하지? 영어로 해야 하나? 아냐! 그 사람 한국말 '킹왕짱' 잘했잖아! 오! 나 금방 통화 버튼 눌렀어! 벨소리 간다!

"여보세요? 서민주 씨인가요?"

엥? 받자마자 나인 건 어떻게 안 거야? 아니, 그보다 내 이름도 알고 있네?

"아 네. 근데 저인 거 어떻게 아셨어요?"

"이 연락처는 아무나 안 알려주는 번호입니다. 전에 쇼팽 사장님께 민주 씨에 대해 좀 물어본 적이 있어요. 어쨌거나 우리 회사에 한번 와보시겠습니까?"

말하는 걸 보니 이 사람 뭔가 되게 똑똑한 거 같다. 난 똑똑한 사람들이 부럽더라! 뭐 망설일 것 없다! 가보자!

"어디로 가면 되나요?"

이래서 난 때 빼고, 광내고, 화장도 곱게 하고서 토니 번을 찾아갔다. 역삼역에 한 30층쯤 되는 빌딩이 하나 있는데 세상에 이 큰 건물을 최근에 토니번사(社)가 통째로 다 사버렸단다. 로비에 들어섰더니 예쁜 언니가 먼저 나를 알아봤다.

"서민주 님이시죠? 이쪽으로 오세요. 임원 전용 엘리베이터로 모시겠습니다."

"아 네. 감사합니다."

임원 전용이란 게 뭔지는 모르겠지만 그 엘리베이터는 무슨 로켓 같았다. 순식간에 30층에 도착했다. 그리고 마침내 토니 번 아저씨를 다시 만났다. 지난번보다 훨씬 다정하게 맞이해 주셨다.

"민주 씨, 와주셔서 감사해요. 여기에 있는 분들은 우리 회사의 수석 디자이너들이랑 그 외 임원들이에요. 오늘 민주 씨의 면접 테스트를 지켜볼 면접관들이세요."

딱 봐도 '난 이 회사에서 엄청 높은 사람이야!'라고 얼굴에 쓰인 사람들이 우르르 서있었다. 대부분 외국인이었는데 어떤 아저씨는 나보다도 화장을 더 진하게 했어! 저 사람 틀림없이 게이일 거야!

"민주 씨, 이쪽으로 와보시겠어요? 지금부터 간단한 테스트를 하나 하겠습니다. 여기 우리 제품들을 여러 개 가져다 놨는데요. 민주 씨가 마음에 드는 것을 딱 열 개만 골라보세요."

엥? 이런 것도 테스트야? 다행이다. 난 면접시험이라기에 미분 같은 문제를 풀어야 하는 줄 알았잖아? 이런 거는 쉽지! 쇼핑이잖아?

"아 참고로 고른 옷은 선물로 드릴게요. 가져가셔도 돼요."

우와! 땡잡았다! 토니번 옷 열 개를 공짜로 얻을 수 있는 절호의 기회! 후회 없도록 신중하게 골라야겠다. 오늘 여기 취직 못 하더라도 때 빼고 광 내고 온 보람이 있었어! 자 시작해 볼까?

잠깐…. 근데 좀 짜증이 난다. 비슷한 옷이면 좀 같이 두면 안 되나? 이 빨간 티셔츠는 쟤랑 비슷한데 무늬가 달라! 비교하려면 계속 왔다 갔다 해야 하잖아! 어 뭐야? 왜 이 치마는 블라우스 속에 숨겨둔 거야? 하지만 럭키! 이 치마는 잡지에서 본 적이 있었다. 진짜 갖고 싶었던 거다. 지금 몇 개 골랐지? 세 개 골랐다! 아직 나의 쇼핑이 끝나지 않았노라!

내가 이렇게 열심히 쇼핑… 아니, 면접시험을 치르고 있는데 면접관들 표정이 심상치가 않다. 하긴 뭐 원래 면접관들 표정이 다 저렇지. 여하튼 나는 마침내 열 개의 옷을 골랐다. 쓰레기 같은 옷들과 뒤섞여 있어서 골라내느라 힘들었다.

"저 다 골랐는데요."

그러자 면접관들이 숙덕거리기 시작했다.

"…Can't believe this."

"No one could've done it better…."

다들 영어로 이야기한다. 근데 못 알아듣겠다. 예일대학교 다녔단 이야기는 절대 하지 말아야겠다. 토니 번 사장님이 뭔가 정리를 하더니 나에게 설명을 해주기 시작했다.

"민주 씨, 이 테스트는 안목을 점검해 보기 위한 것이었습니다."

안목? 어려운 단어다. 외국인께서 나보다 한국말을 더 잘하시네….

"일단, 결과는 만점입니다. 우리는 저기에 우리 제품을 한 500개쯤 걸어 놨는데요…."

헉! 500개나? 그렇게나 많았어?

"민주 씨가 지금 고른 이 열 개의 제품은 정확히 지난 분기에 가장 높은 매출을 기록한 우리의 'Best 10'이네요."

토니 번 사장님은 계속 떠들고 면접관들은 내가 고른 옷들에 붙어있는 태그를 여러 번 확인했다.

"민주 씨를 처음 봤을 때 난 당연히 민주 씨가 의상 디자이너나 아니면 코디네이터일 거라 생각했어요. 몸에 걸친 것은 셔츠부터 하다못해 양말까지 전부 이 근래에 유명 브랜드 회사들이 히트한 것들뿐이었거든요. 그런데 실례를 무릅쓰고 민주 씨한테 좀 더 가까이 다가갔다가 난 진짜 너무 놀라서 소름이 막 돋았습니다!"

왜? 가까이 보니까 내가 너무 예뻐서? 나 왜 이러지? 난 미친년이지 공주병 환자는 아니잖아! 하여튼 더 들어보자!

"민주 씨 옷이 모조리 다 이미테이션들이더라고요. 어디서 저렇게 똑같은 것들을 구했는지 저는 너무 신기했습니다!"

꺅! 쪽팔려! 죽고 싶어! 그렇게 심한 말을 하다니! 창피해서 얼굴을 똑바로 들 수가 없잖아! 그런데 그런 내 모습을 보고 있는 토니 번 사장님은 쓱 웃고 있었다. 이 아저씨 웃는 모습이 꽤 매력적이다. 면접관 아저씨들도 계속 웅성거렸다. 그래서 결론이 뭔데? 나 여기서 일할 수 있는 거야?

"저기 사장님! 그래서 전 여기서 일할 수 있나요? 제가 이 회사에서 할 일이 뭔가요?"

내가 용기를 내어 이렇게 말했더니 토니 번 아저씨가 지갑에서 카드를 하나 꺼냈다.

"이 카드는 한도가 없어요. 이 카드로 유명 백화점에 가서 민주 씨가 가지고 싶은 것을 사서 우리한테 보여주세요. 우리한테 보여준 다음에 물건들은 가지셔도 됩니다. 그것이 민주 씨가 할 일이에요. 별도로 연봉은 1억을 드릴게요. 이게 저의 제안입니다. Call?"

그냥 나 지금 죽어버릴까? 누가 그러던데, 가장 행복한 순간에 죽음을 맞이해야 한다고…. 쇼핑하는 게 일이라니 망설일 것도 없다. 근데 나 지금 울고 있는 거 같은데….

"네 할게요. 근데 연봉은 5천만 받을게요. 도저히 양심상 그렇게 많은 돈은 받을 수가 없어요."

토니 번 아저씨가 잠시 고민에 빠지신다. 못 알아들은 건가? 면접관 아저씨들은 옆에서 킥킥거리는데? 지금 나를 비웃는 건가?

"민주 씨, 그냥 1억을 드릴게요. 그렇게 하지 않으면 다른 회사에 민주 씨를 뺏길 거 같네요."

분명 나는 한 번 양보했다! 아저씨가 더 준다고 한 거야! 뭐 더 주겠다는데 마다할 게 없잖아!

"Call!"

나 간만에 영어 했다.

04
포스트잇

왕눈이가 죽었다. 진짜 많이 울었다. 내 눈이 부어서 왕눈이 되었다. 급하게 휴가를 냈다. 왕눈이 장례식을 치르기 위해서였다. 왕눈이가 누구냐고? 내가 전에 말했잖아! 집에 들어가면 나를 반겨주는 나의 애완 금붕어…. 이 왕눈이를 나는 마트에서 3천 원 주고 샀다. 그때 애완동물담당 아줌마가 말하길….

"금붕어가 붕어의 한 종류잖아요. 잘 키우면 수십 년도 살아요."

잘 키우면 몇십 년도 산다는 금붕어를 고작 나는 3년 만에 죽이고 말았다. 그런데 이런 말 하니까 정작 주변 사람들은 나한테 그 정도면 진짜 오래 길렀다고 그러는데 그 말이 나를 더 슬프게 했다. 난 내가 할머니가 될 때까지 왕눈이와 함께하려 했단 말이야! 왕눈이의 죽음…. 이건 전부다 회사 때문이다.

토니번에 취업한 이후 난 너무너무 바쁘다. 난 하루에 열 시간 이상을 돌아댕기며 쇼핑을 해야 한다. 쇼핑이 싫은 것은 아니다. 서민주가 쇼핑이 싫어졌다면 그건 죽을 때가 되었단 뜻이겠지! 그래도 내 몸이 강철은 아니잖아? 저녁때 집에 돌아갈 때면 피와 물집 터진 진물에 구두 밑창이 젖어있곤 했다.

그래서 우리의 토니 번 사장님께서 나를 위해 몸종을… 아니 비서를 둘이나 붙여주셨다. 그 후로는 우리 비서 동생들이 내 쇼핑짐도 들어주고 종아리도 주물러줘서 좀 덜 피곤하다.

한 가지 재밌는 것은 내가 산 물건을 내가 바로 가지지는 못한다는 점이다. 일단 비서들이 회사로 가져간다. 며칠 정도 지나고 나서야 내가 가지게 된다.

그리고 내가 회사에서 하는 일이 하나 더 있다. 사실 이 일이 더 중요하다. 아니 더 살벌하다고 해야 하나? 표현을 잘 못 하겠네? 여하튼 그게 무엇이냐 하면 한 달에 한 번씩 우리 회사의 프로토타입들을 평가하는 일이다.

이렇게 말하는 거는 똑똑한 사장님식 표현이고, 서민주식으로 말하자면 옛날에 면접시험 때 했던 그거를 또 해야 한단 말이다. 준비된 방에 들어가 한 100벌쯤 되는 옷들 중에서 내가 맘에 드는 거 10개를 고르는 일 말이다. 근데 이거 할 때 분위기가 엄청 음산하다. 내가 무엇을 고를 때마다 임원들이 살벌한 표정들을 짓는다.

이렇듯 하루하루가 너무나 짧았다. 집에 오면 자느라 바빴다. 일어나면 또 회사! 그렇게 벌써 1년이 지났다. 그러던 중에 이사도 갔다. 이제 내 집은 옥탑방도 원룸도 아니다. 난 청담동에 있는 100평짜리 펜트하우스에서 살고 있다!

그러던 어저께 일이었다. 우리 왕눈이가 물에 동동 떠있는 것을 보았다. 죽은 지도 한참 되었는지 물에서 썩은 비린내가 진동했다.

"끼야아악!"

난 비명을 지르고는 바닥에 주저앉고 말았다. 내가 마지막으로 밥을 언제 줬지? 물은 언제 갈아줬지? 아무것도 기억이 안 났다. 그렇게 나의 유일한 친구 왕눈이는 세상을 떠났다.

애완견 장례식장을 찾아갔다. 금붕어도 장례 치러줄 수 있냐고 물었다. 해준대. 그런데 비용은 안 깎아준대. 관도 만들고 화장도 했다. 조그만 물고기가 흔적도 없이 사라졌다. 먼지 가루가 쪼끔 남아서 간신히 쓸어 담아 봉안하고 비문도 적어주었다.

다음 날 무거운 마음으로 출근을 했다. 근데 오늘따라 회사가 왜 이렇게 어수선하지? 경비원 아저씨들이 여기저기 뛰어다니고 있다. 게다가 사이렌이 울리고 구급차가 오더니 경찰차도 나타났다. 누가 다쳤나? 쓰러졌나?

"저기요! 저기요! 무슨 일 있나요? 다들 왜 이래요?"

나는 뛰어다니는 사람 아무나 하나를 붙잡고 물었다.

"파브리지오 수석 디자이너가 조금 전에 19층 옥외 휴게실에서 투신했대요!"

헉! 파브리지오? 나 누군지 알아! 나보다 화장을 더 진하게 하고 다니는 그 게이 아저씨잖아? 사실 1년 넘게 일했어도 이 회사에서 내가 아는 사람이 하나도 없는데 그 아저씨만큼은 생김새가 하도 특이해서 분명히 기억이 난다. 내 면접 때 면접관이었잖아? 19층에서 뛰어내렸다고? 왜?

"민주 씨, 여기 있으면 안 돼요! 빨리 따라와요!"

갑자기 누군가 내 팔을 낚아채면서 말했다. 토니 번 사장님이었다. 어찌나 세게 나를 붙잡아 끌고 가는지 팔이 너무 아팠다.

"잠깐만요, 사장님! 따라갈 테니까 이것 좀 놔요! 아파요!"

그때 어디선가 경찰들이 우르르 달려와 우리를 감쌌다. 지저분한 차림의 어떤 남자가 자기 지갑을 펼쳐 보이며 다가왔다.

"서민주 씨! 동부지검의 강 형사라 합니다. 잠깐 이야기 좀 할까요?"

헉! 형사래! 무서워! 그때 사장님이 형사의 앞을 가로막았다.

"이 여자분은 사건과 아무런 관련이 없습니다. 제가 이 회사 대표이사입니다. 저랑 이야기하시죠."

그랬더니 형사가 갑자기 사장님 손에 수갑을 채워버렸다.

"끼아아악!"

난 너무나 놀라서 비명을 질렀다.

"사장님도 같이 가시죠! 두 분 모두에게 물어볼 것이 있습니다!"

내 비명은 아랑곳하지도 않고 형사는 사장님을 끌어당기며 이렇게 말했다. 잠시 후 나랑 사장님은 사장실로 끌려갔다.

"서민주 씨, 오늘 투신한 파브리지오 씨랑 아는 사이입니까? 둘이 어떤 사이입니까?"

다짜고짜 묻는데 하마터면 '그 사람 게이예요!'라고 할 뻔했다.

"당신 뭡니까? 영장 있어요? 여긴 회사입니다! 취조실이 아니에요! 대한민국 경찰은 이렇게 막무가내입니까?"

사장님이 자리에서 벌떡 일어나 소리를 질렀다.

"영장이 없어도 수사관은 24시간 동안 용의자를 구속할 수 있습니다! 구치소로 가기 싫으시면 협조하시죠!"

형사 아저씨가 책상을 내리치면서 이렇게 소리치는데 너무 무서워서 나는 울기 시작했다.

"파브리지오 아저씨랑은 그냥 이름만 알고 지냈어요. 만나도 인사도 잘 안 하고 같이 대화도 안 해봤어요. 저 영어를 못합니다."

난 겨우겨우 이렇게 울먹거리며 답했다. 형사 아저씨가 품에서 무엇인가를 꺼내어 나에게 건네줬다. 비닐봉지 같은 거였는데 그 안에는 노란색 포스트잇 종이 한 장이 들어있었다.

"이게 뭐예요?"

"죽은 피의자가 투신 직전에 남긴 '다잉메시지'입니다. 함 읽어보시죠. 영어를 못해도 그 정도는 읽을 수 있겠죠?"

나는 조심스레 비닐봉지에 적힌 메시지를 읽어보았다.

'…not selected by Min-Ju.(민주에게 선택되지 못했다.)'

거기에는 이렇게 적혀있었다.

"자! 서민주 씨, 다시 한번 대답해 보시죠. 오늘 투신한 파브리지오 씨랑은 어떤 관계입니까?"

05
전능함(Omnipotent)

나는 이제껏 '미친년'이란 소리를 참 많이 들으며 살아왔다. 근데 이제는 '나쁜 년'이란 소리까지 듣게 생겼다. 그래도 난 팔자 하나는 끝내주게 타고난 모양이다. 사람 죽여놓고 도망쳐 와서는 지금 이탈리아 베네치아 한복판에 있는 펜트하우스의 테라스에서 카푸치노 커피를 마시고 있다.

파브리지오 디자이너가 돌아가신 이후 난 일주일 동안 경찰서와 검찰청이란 곳을 번갈아 다니며 조사를 받아야 했다. 그 포스트잇 메모 쪼가리 때문에 말이다.

"모릅니다! 모릅니다! 정말로 모릅니다!"

며칠 내내 내가 한 말은 이거뿐이었다. 그랬더니 나는 곧 무혐의로 풀려났다. 내가 풀려나자마자 토니 번 사장님이 얼른 나를 비행기를 태워서는 여기에다 데려놓았다.

"민주 씨 당분간 이탈리아에 좀 가있으세요."

이러더란 말이다. 그래서 뭐 제대로 챙긴 것도 없이 맨몸으로 이탈리아에 오게 되었다. 하지만 와서는 호강하고 있다. 여기저기 구경하러 다니고 쇼핑도 하고….

토니 번 사장님의 고향이 베네치아라고 했다. 아니 정확히는 베네치아 옆에 좀 못사는 동네인 산타루치아라고 한 거 같다. 사장님은 어릴 때부터 베네치아에 사는 게 자기 꿈이었다고 한다. 결국, 사장님은 그 꿈을 이룬 셈이다. 지금 내가 머무는 곳이 토니 번 사장님의 펜트하우스이니까….

"근데 여기 너무너무 멋있다!"

어이구! 너 때문에 사람이 죽었는데 그런 말이 입에서 나오냐? 입에서는 감탄이 절로 나오고 가슴속에서는 한탄이 쏟아져 나온다. 그러고 보니 난 쇼핑만 하고 살았지 평생 여행은 한 번도 가본 적이 없었다. 아! 미국 예일대학교를 2년간 여행하고 왔었구나! 그건 여행이 아닌가?

뜨거운 카푸치노를 마시며 난 지난날을 잠시 돌이켜봤다. 토니번에 취직한 이후 내가 한 일이라고는 쇼핑뿐이었다. 그런데 내가 쇼핑하고 돌아다닌 그때에 회사에서는 엄청난 일들이 벌어지고 있었는데….

"쓸데없는 데에 노력 쏟지 말고 이런 물건들을 만들도록 하세요."

내가 몇백만 원어치 물건을 사서 갖다주면 사장님은 모든 디자이너를 불러다 모아놓고 그 물건들을 보이며 이렇게 말했다고 한다. 이것을 사장님은 고상한 말로 '트렌드 분석'이라고 하더라.

그리고 중요한 나의 임무는 그거 말고도 또 있었잖아? 옷들 여러 개 깔아놓고 그중에 마음에 드는 열 개 고르는 일, 바로 '프로토타입 평가' 말이다.

디자이너들이 옷을 디자인하면 공장에서 만들기 전에 최종적으로 임원진들이 심사해서 걸러낼 것은 걸러내고 잘 팔릴 것은 살려내는 작업을 한다. 그게 바로 '프로토타입 평가'이다. 그렇게 해서 보통 서른 개 정도 골라서 왕창 만들어 파는데 보통은 서너 개 정도만 잘 팔려도 대성공이라고 한다.

이건 어디까지나 내가 입사하기 전에 일이다. 내가 입사한 이후부터 프로토타입 평가는 임원진들이 안 한다. 나 혼자 한다. 그리고 난 서른 개나 고르지 않는다. 딱 열 개만 고른다. 그리고 내가 고른 제품들은 출시하면 대부분 대박이 났다.

문제는 프로토타입 평가에서 나한테 세 번 연속 퇴짜를 맞은 디자이너들은 모두 해고당했다는 것이다. 지난 1년 동안 그런 식으로 82명의 수석 디자이너들이 해고당했다. 그 사람들 연봉이 보통 2억 정도니까 사장님은 대충 160억 정도의 인건비를 매년 절약할 수 있게 되었다.

그뿐만이 아니었다. 우리 회사의 OEM 공장은 필리핀에 두 개랑 말레이시아에 한 개가 있는데 프로토타입의 개수가 서른 개에서 열 개로 줄어드니까 공장도 그렇게 많이 필요하지 않게 되었다. 때마침 지난여름에 강력한 태풍이 필리핀을 강타했는데 현지에 있는 우리 공장이 대단히 큰 피해를 보았다. 토니 번 사장님은 그것을 기회로 삼아 공장을 복구하는 대신에 아예 두 곳 다 문을 닫아버렸다. 그것 때문에 3천여 명의 현지 근로자들이 직장을 잃게 되었다. 그리고 사장님은 공장 두 개 문을 닫고 연간 200억 정도의 비용을 더 아낄 수 있게 된 셈이었다. 이런 식으로 내가 회사에 가져다주는 이익은 대충 300억이 넘었다.

아! 그리고 파브리지오 디자이너! 그는 우리 회사에서 사장님 다음으로 높은 사람이었다. 그는 프로토타입을 평가하는 임원임과 동시에 언제나 매달 마감을 한 번도 어기지 않고 자신만의 프로토타입을 제출했던 의상 디자이너이기도 했다. 그는 자신을 스스로 예술가라 여겼고 디자인하는 일이 항상 자신의 천직이라 생각했었던 사람이다. 그리고 내 면접 때 나를 평가한 면접관이기도 했다.

그때 내 면접평가서에는 각 면접관이 내 등급을 5단계로 마킹을 해주는 것이 있었다.

[1] Excellent
[2] Very Good
[3] Good
[4] Under Expected
[5] Bad

여기에 대부분의 면접관들이 'Excellent'를 칠해주었다. 그때 파브리지오 아저씨는 Excellent 위 여백에 다음과 같이 적어주었다.

'Omnipotent!(전능함)'

파브리지오 아저씨는 이토록 나를 칭찬해 주었다. 그러나 난….

오래전부터 토니 번 사장님과 파브리지오 디자이너는 사이가 좋지 않았다고 한다. 토니 사장님은 항상 잘 팔리는 물건을 만들려고 했고 파브리지오 디자이너는 예술적인 명품을 만들려고 노력했다고 한다. 둘 사이의 관계는 갈수록 험악해졌고 어느 날 사장님은 파브리지오에게 다른 디자이너들과 마찬가지로 서민주에게 세 번 이상 프로토타입 평가에서 퇴짜를 맞으면 사표를 쓰고 회사를 나가라고 선전포고를 했다고 한다. 단, 반대로 한 번이라도 내가 파브리지오 디자이너의 프로토타입을 선택하면 그땐 사장님이 회사를 나가겠다고 했단다. 그리고 난 지난 1년간 파브리지오 디자이너의 프로토타입을 무려 일곱 번이나 선택하지 않았다. 절대 고의는 아니었다. 프로토타입들은 모두 무기명으로 제출되기 때문에 난 누가 무엇을 만들었는지 전혀 알지도 못했다. 물론 사장님과 파브리지오 사이에 그러한 일이 있었다는 것도 전혀 알지 못했다.

약속대로 토니 번 사장님은 파브리지오 디자이너에게 사표를 쓰고 나가라고 권고했다. 그리고 마지막 일곱 번째 프로토타입마저 내가 선택하지 않은 날에 파브리지오는 극단적인 선택을 했다. 그는 사표를 쓰는 대신 19층 옥외 휴게실 담벼락 위에서 뛰어내렸다.

여기까지 생각을 정리하니 저절로 눈물이 흘렀다. 누가 보겠냐만 난 조용히 의자에서 내려와 땅바닥에 무릎을 꿇고 두 손을 모아 하늘에 계신 파브리지오 님께 기도했다.

'정말 죄송해요…. 제 잘못을 용서해 주세요.'

06
한국어 일기

'한국 사람들은 영어를 공부하기 위해 영어로 일기를 쓴다고 한다. 그래서 나는 한국어를 공부하기 위해 한국어로 일기를 쓰기 시작했다.'

'내가 토니에게 본사를 한국으로 옮기자고 제안했다. 그랬더니 그는 조선시대 500년 동안 흰옷밖에 입을 줄 몰랐던 한국에는 뭐 하러 가냐고 그러더라. 그래서 내가 말했다. 나의 스승 앙드레 김은 언제나 흰옷만 입으셨다고….'

'사람들이 자꾸 나더러 이태리어 좀 해보라고 한다. 난 여섯 살 때부터 미국에서 살았다. 이탈리아어는 하나도 모른다. 나는 그런 그들에게 이탈리아어는 토니 번 사장이 잘한다고 답해줬다.'

'한국어는 영어와는 시작부터 끝까지가 완전히 다른 언어이다. 한국어를 배우는 일은 정말 곤욕이었다. 토니는 나에게 딱 3개월 한국어를 배웠는데 이제는 나보다 훨씬 한국어를 잘한다. 마음에 들지 않는 사람이지만 그가 영리하다는 것은 인정하지 않을 수 없다.'

'토니가 실력 없는 디자이너를 한 100명쯤 해고하자고 제안했다. 어차피 유능한 디자이너 하나가 회사 전체를 먹여 살리는 법 아니냐고 그러더라. 그래서 내가 말했다. 그 유능한 한 명의 디자이너를 위해 나머지 99명의 디자이너가 존재한다고….'

'오늘 어떤 남성에게 데이트 신청을 받았다. 난 정중하게 거절했다. 난 동성애자이기는 하나 기독교인이라 동성연애는 하지 않는다.'

'토니번같이 큰 회사는 돈을 버는 데만 집중해서는 안 된다. 돈은 직원들 급여를 거르지 않고 줄 만큼만 벌면 된다. 우리는 문화를 변혁하고 인류 문명을 발전시키는 데에 공헌해야 한다. 배만 채우고 향락만 즐기며 산다면 인간이 돼지랑 다를 것이 무엇인가?'

'우연히 들른 커피숍에서 어떤 여자를 보았다. 그녀의 몸에 걸친 것은 머리부터 발에 신은 양말까지 모두 합쳐 5만 원도 안 되어 보였다. 하지만 내 생전 그렇게 완벽한 코디는 처음 봤다. 나는 토니에게 그 커피숍에 가보라고 조언했다.'

'커피숍에서 보았던 여성을 토니가 데려왔다. 이름은 서민주였다. 토니는 그녀에게 프로토타입 평가를 시켜보았다. 테스트 결과 그녀는 나의 스승을 능가하는 천재였다.'

'토니는 민주에게 쇼핑이라는 마약을 먹였다. 이제 그녀는 돈 버는 기계가 되었다. 좀비가 사람을 물면 그 사람도 좀비가 되듯이 민주는 200명

의 우리 디자이너를 돈 버는 기계로 만들었다.'

'토니는 필리핀 공장을 폐쇄하겠다고 오늘 이사회에서 공개적으로 발표했다. 우리의 프로토타입을 대량 생산해 주는 필리핀의 직원들도 예술인이다. 토니는 오늘 3천 명의 예술인들을 거지로 만들었다.'

'오늘은 나의 60번째 생일이다. 한국에서는 60번째 생일날을 환갑이라 부르며 큰 잔치를 벌인다. 그러나 언제나 홀로인 나에게 오늘의 환갑은 어느 해의 생일이나 다르지 않았다. 나는 오늘 나에게 작은 치즈케이크를 선물해 줬다.'

'한국에는 Lady First보다 The Elders First란 개념이 우선한다. 화장을 지우고 지하철에 타면 한국의 젊은이들은 백인인 나에게도 자리를 양보해 준다.'

'난 악마의 간교한 함정에 빠지고 말았다. 토니는 나의 자존심을 건드렸고 나는 해서는 안 되는 약속을 했다. 토니는 내가 민주의 프로토타입 평가를 단 한 번만 통과하면 자리에서 물러나겠다고 했었다. 대신 세 번을 실패하면 나보고 사표를 쓰라고 했었다. 그리고 오늘 난 세 번째로 민주에게 선택받지 못했다.'

'토니에게 한 번만 더 기회를 달라고 비굴하게 빌었다. 그것도 네 번이나…. 일곱 번째 평가에서도 민주는 나를 선택하지 않았다. 토니의 탓도 민주의 탓도 아니다. 나는 빛을 잃은 태양이다. 져버린 꽃이고 날개가 떨

어진 나비다. 더 이상 난 예술인이 아니다.'

'자살하면 진짜 지옥에 갈까? 영감을 잃은 디자이너가 스스로 목숨을 끊는다면 그것도 자살일까? 난 이미 죽었다. 숨만 쉬고 있을 뿐 내가 흙 속에 묻힌 시체와 무엇이 다르단 말인가?'

여기까지…. 나 오늘 평생 처음으로 책이란 것을 읽어봤다. 책의 제목은 파브리지오 선생님께서 쓰신 '나의 한국어 일기'였다.

07
쇼핑중독

오늘은 정말 날씨가 맑다. 새파란 하늘에 구름도 한 점 없다. 저기 남산 타워가 깨끗하게 보인다. 조금만 손 뻗으면 잡힐 거 같아! 히히! 근데 좀 시끄럽다. 왜냐고? 지금 내 뒤에서 토니 번 사장님이랑 그리고 다른 여러 사람이 다 함께 나를 향해 고래고래 소리를 지르고 있기 때문이다.

"민주 씨! 당장 그 담벼락에서 내려와요! 나랑 이야기합시다! 일단 내려와요. 내려와서 이야기합시다! 민주 씨! 안 들려요? 민주 씨!"

응? 이게 다 무슨 소리냐고? 지금 난 우리 회사 19층 옥외 휴게실 담벼락 위에 올라와 있다. 파브리지오 선생님이 떨어져 죽은 바로 그 자리 말이다. 밑을 보면 진짜 아찔하다. 내가 한 발만 내디디면 조기 아스팔트 길바닥에 머리를 꿍하고 찧겠지! 으아! 무서워! 잉잉! 그런데 여긴 왜 올라왔느냐고? 그게 말하자면 엄청나게 긴 이야기인데….

파브리지오 선생님이 없어지고 나서도 우리 회사는 계속 잘나갔다. 신문에도 여러 번 났었다.

'브랜드 의류계 토니번이 독점!'

'토니번 영업 이익률 업계 최고!'

이게 다 뭔 소리인지 내가 어떻게 알겠냐만 아무튼 좋다는 이야기겠지! 나도 덩달아 잘나갔다. 내 연봉은 2년 만에 2배가 되었다. 사장님이 차도 하나 사주셨다. 어떤 차가 좋으냐고 묻길래….

"뚜껑 열리는 차요!"

이렇게 소리 질렀다! 그랬더니 뚜껑 열리는 빨간색 벤츠를 사주셨다. 이 차가 진짜 예쁘게 생겼다. 난 옷이랑 구두만 알고 살았는데 자동차도 이렇게 예쁠 수 있다는 것을 처음 알았다.

그렇다고 내가 스트레스 없이 사는 줄 알아? 사실 요새 너무 힘들었다. 왜냐하면, 파브리지오 선생님이 돌아가신 사건과 함께 나에 대한 소문은 전 세계 모든 토니번 지점으로 퍼졌다. 게다가 알잖아? 나 때문에 회사에서 잘린 사람들이 대충 5,000명 정도 된다는 거…. 어쨌든 나는 하루에도 999통이 넘는 저주의 이메일 세례를 받으며 살아야 했다. 가끔 정중하게 보낸 편지도 있었다.

'양심이 있으시다면 사직하시기 바랍니다.'

이렇게 말이다. 그러나 대부분은 욕지거리들이었다. 토니번이 다국적 기업이라 난 전 세계 언어로 된 욕을 들으며 살아야 했다. 그래서 토니 번 사장님은 내 이메일을 아예 없애버리셨다.

"왜 이제야 없애셨어요? 어차피 나 연락 받을 일도 없는데…."

내가 사장님께 말했다. 이메일이 없어지고 나니까 속이 시원했다. 그런데 그것도 잠시뿐이었다. 어떤 놈이 내 집 주소를 전 세계에 까발려서 하루에도 100통이 넘는 저주의 편지가 나를 찾아왔기 때문이다. 다 뜯을 수도 없었다. 그냥 그대로 쓰레기봉투에 담아버렸다.

그뿐만이 아니었다. 편지로도 속이 안 풀리는 몇몇 독종들이 멋진 선물들을 나한테 보내주었다. '독거미', '죽은 새', '고무로 된 잘린 사람 손가락'도 받아봤다. 이렇다 보니 내 집에는 항상 100리터짜리 종량제 봉투가 항상 펼쳐져 있어야 했다.

그러던 어느 날이었다. 그날도 어김없이 내 집 대문 밖에는 선물상자가 잔뜩 쌓여있었다. 이제 뜯어보기도 싫었다. 잡고 흔들어보면 대충 안에 뭐가 들었는지 알 것 같았다. 난 열심히 쓰레기봉투에 나의 악성 팬들이 주신 선물을 담기 시작했다.

그러다 어느 상자 하나를 드는 순간 느낌이 달랐다. 뭐랄까? 뭔가 묵직하고 딱딱한데 날카롭지는 않은 것 같고 흔들흔들하는데도 뽁뽁이도 없으니 깨지는 건 아닌 거 같았다. 그래서 나는 간만에 택배 상자를 뜯어보았다. 안에는 책이 한 권 들어있었다. 표지에는 이렇게 적혀있었다. '나의 한국어 일기장'. 그것은 한국을 몹시도 사랑한 파브리지오 디자이너가 한글로 쓴 일기장이었다. 그런데 누가 보낸 걸까? 일단 읽기 시작했다. 그런데 그렇게 한번 펼친 일기장을 도저히 접을 수가 없었다. 살면서 그렇게 글을 많이 읽어본 것은 처음이었다. 그리고 그렇게 많이 울어본 것도 처음이었다.

얼마 후 난 소포를 피하고자 이사를 했다. 이후에는 주소도 철저하게 숨겼다. 더는 선물상자 배달이 오지 않게 되었다.

하지만 여전히 스트레스는 계속되었다. 뭔가 해소거리가 필요했다. 나는 업무와 상관없이 시간이 나면 쇼핑을 했다. 백화점에 가면 나는 왕중왕 아니, VIP 중 VIP이다. 백화점 점원들은 모두 나를 알아보고 내 이름을 불러주며 인사한다. 지정된 주차장은 기본이고 어쩔 때는 백화점 보안요원이 에스코트도 해준다.

그런데 회사에 가는 거는 정말 싫다. 다른 것보다 프로토타입 평가가 정말 하고 싶지 않다. 나에게 선택받지 못한 디자이너는 결국 회사에서 잘릴 것이다. 누가 또 19층에서 뛰어내리기라도 할까봐 겁이 났다. 이런 사정을 사장님께 여러 번 말씀드렸다. 사장님은 맨날 똑같은 말만 반복하더라고!

"그건 절대 민주 씨 탓이 아니에요. 민주 씨는 잘못이 없어요!"

어떤 사람이 똑같은 말을 계속 반복하면 그게 무슨 뜻인지 알아? 그 말이 거짓말이란 뜻이다! 왜? 어느 유행가 가사에도 나오잖아?

'널 사랑하지 않아. 널 사랑하지 않아. 널 사랑하지 않아⋯.'

이건 실은 '진짜로 널 사랑한다'라는 뜻이다. 그래서 '민주 씨 잘못이 아니야!'라는 사장님의 말도 사실은 거짓말일 것이다. 나 때문이다. 왜 나 때문이 아니겠어?

어쨌거나 스트레스가 많아질수록 더 많은 쇼핑을 했고 그러던 언제부터인가 밤에 잠이 잘 오지 않기 시작했다. 눈 감으면 내일 어떤 것을 살까 고민하게 되고 그런 생각을 하다가 겨우 잠이 들면 금방 아침이 되었다. 씻고 화장하고 나서 아침은 늘 걸렀다. 나의 유일한 식사는 쇼핑 중에 VIP에게 제공되는 케이터링이 전부였다.

그러던 어느 날 백화점 점원이 나더러 요새 살이 너무 많이 빠진 거 같다고 그랬다. 살 빠진 거면 좋은 건데 왠지 기분 나쁘게 들렸다. 그래서 간만에 체중계에 올라가 봤는데 깜짝 놀랐다. 몸무게가 고작 38kg밖에 안 나가는 것이었다. 난 키가 170cm가 넘는 데다가 잘 먹는 편이라 평생 55kg 밑인 적이 없었다. 병원에 가봤다. 종합검진이란 것도 받아봤다. 결과는 정상이었다. 하나만 빼고….

"서민주 님, 신경정신과에 가셔서 정밀진단을 받아보셔야겠어요."

그때, 난 그 간호사 언니 말대로 해야 했다. 그러나 그날 검사를 마치고 내가 간 곳은 신경정신과가 아니라 백화점이었다. 그날 검진을 받느라 힘들었거든…. 고생한 나를 위한 보상이 필요했다.

이후로도 나의 일상은 크게 달라진 것이 없었다. 그러던 어느 날 프로토타입 평가를 하는 날이었다. 느낌이 이상했다. 분명히 입으로 숨을 쉬고 있는데도 숨이 막힌 것처럼 가슴이 답답했다. 답답한 것을 참고 집중해서 프로토타입들을 살펴보는데 갑자기 마치 옷들이 살아나서 나한테 소리를 지르는 것처럼 느껴졌다.

"나를 선택해 민주! 그렇지 않으면 난 19층에서 뛰어내릴 거야!"

"끼야아악!"

나는 비명을 질렀다. 그 뒤로는 기억이 잘 안 난다. 기절했거든….

깨어보니 병원이었다. 입원실 침대에 누워있었다. 토니 번 사장님 뒷모습이 보였다. 의사하고 무엇인가 이야기를 하고 있었다. 그런데, 내가 지금 살아있긴 한 건가? 잠시 후, 내가 정신이 든 것을 확인한 의사 선생님이 나에게로 다가왔다.

"정신적 중독 증상이 너무 오랫동안 방치되어서 우울증과 공황장애 증상이 동시에 발생한 겁니다. 영양실조도 심하시고요."

의사 선생님이 나에게 이렇게 말해주었다. 쉽게 말하자면 난 쇼핑에 중독이 되어있다는 뜻이었다.

사람이 하는 일은 뭐든지 다 중독이 될 수 있다고 했다. 게임도 중독될 수 있고 하다못해 일도 중독될 수 있다고 하더라! 그런데 나는 매일매일 하루 열 시간 이상 쇼핑을 했다. 그러니 중독이라면 아주 중증의 중독인 셈이었다. 나는 그 뒤로 3주 정도 정신병원에 입원해서 치료를 받았다. 의사 선생님이 더 있으라 했지만 갑갑해서 그냥 나왔다.

그리고 회사에 복귀하던 날 하필이면 그날에 또 프로토타입 평가가 있었다. 도저히 그 일을 할 수가 없었다. 한 번 더 프로토타입을 쳐다봤다가는 그땐 진짜 심장마비로 죽을 거 같았다. 나는 아프다고 핑계를 대고 프로토타입 평가를 한 주 미뤘다. 그리고 다음 주가 되었을 때는 또 다른 핑계를 대고 한 주를 미뤘다. 그렇게 몇 번을 반복하고 나니 한 달이 금세 지나갔다.

내가 한 달간 프로토타입을 미룬 사이 회사는 막대한 손해를 봤다. 출시제품 선정이 되지 않아서 공장이 모두 정지되었기 때문이다. 난 입사한 이래 처음으로 사장실에 불려 갔다. 사장님은 손수 커피 한 잔을 끓여서 내게 건네주셨다.

"내가 한 번도 민주 씨를 나무라거나 잔소리한 적이 없는데, 내일 평가는 반드시 끝내주세요. 부탁드려요! 지금 회사가 너무 힘들어요. 회사 전 직원이 민주 씨의 결정만 기다리고 있어요."

난 고개만 끄덕였다. 젠장! 내일이 오지 않았으면 좋겠다. 잉잉!

그날 밤, 나는 밤을 꼴딱 새웠다. 도저히 잘 수가 없었다. 내일이 다가오고 있는 것이 너무 두려웠다. 프로토타입들이 전시된 전시실만 생각하면 자꾸만 소름이 돋았다.

어느덧 해가 뜨고 아침이 되었다. 밤새 한숨도 못 잤다. 차라리 해님이 반가웠다. 잠자리를 박차고 일어날 수 있었으니까…. 화장도 예쁘게 하고 옷도 제일 좋아하는 것을 골라 입었다. 평소보다 회사에 일찍 도착했다. 프로토타입 전시실은 사장실 옆 30층이었다. 그러나 나는 그곳으로 가지 않았다. 대신 나는 회사에 오자마자 19층으로 올라갔다.

19층 옥외 휴게실은 완전히 바깥으로 개방된 일종의 베란다였다. 이곳에서는 흡연할 수 있어서 담배 피우시는 분들이 자주 온다. 사실, 나는 입사한 이래 여기 처음 와보았다. 아직 이른 시간이라 아무도 없었다. 베란다 난간은 두꺼운 담벼락으로 되어있었다. 충분히 사람 한 명이 올라설 수 있을 것처럼 보였다. 파브리지오 선생님은 틀림없이 그 위에 올라가셨을 것이다. 왠지 궁금해졌다. 저 위에 올라가면 어떤 기분일지 말이다. 그래서 해보기로 했다. 우씨! 담이 높아서 쉽지 않아! 하지만 마침내 나는 담벼락 위에 올라 조심스럽게 일어섰다.

"우와! 여기 되게 멋지다!"

나도 모르게 감탄이 절로 나왔다! 전망이 끝내줬다. 그때였다. 담배를 피우러 우연히 휴게실에 들어온 어떤 아저씨가 나를 보더니 소리를 지르며 뒤돌아 뛰쳐나갔다.

"경비! 경비! 누가 또 흡연실에서 뛰어내리려고 해! 경비!"

잠시 후, 사장님, 경비원, 그리고 별의별 사람들이 옥외 휴게실에 나타났다. 다들 내게 가까이는 못 왔다. 그러다가 내가 혹시 뛰어내릴까봐 무서웠던 모양이다. 히히! 지금 이거 은근히 재밌는데?

다들 소리를 지르고 난리가 났다. 여자애들은 비명까지 지르고…. 야! 이것들아! 언니 아직 안 뛰어내렸거든?

"민주 씨 위험해요! 일단 내려와요! 말하는 거 뭐든지 다 들어줄게요! 일단 내려와요! 뭐든지 다 들어준다니까요!"

사장님 목소리가 역시나 제일 크구나!

난 발아래를 내려다보았다. 진짜 아찔하구나! 그 순간 삶이란 무엇인가 생각해 보았다. 아니, 죽음은 무엇일까 생각해 보았다. 저기 떨어져 죽고 나면 나는 무엇이 될까?

난 심호흡을 했다. 그리고 뛰어내렸다! 바깥으로? 아니 담벼락 안쪽으로…. 나는 담배꽁초가 지저분하게 버려져 있는 흡연장 바닥에 널브러졌다. 담이 꽤 높아서인지 떨어지면서 발목을 삐고 말았어! 너무 아파! 잉잉!

그때, 토니 번 사장님이 나에게 번개같이 달려들었다. 사장님은 우선 자기 겉옷을 벗어 내 얼굴을 덮어 가려주었다. 그리고는 나를 번쩍 끌어안아 들었다.

"다들 비켜! 경비! 사람들 다 내려보내! 누가 엘리베이터 좀 눌러!"

오! 이거 영화의 한 장면 같아! 사장님이 나를 품에 안고 사람들을 가르며 달려간다. 엘리베이터를 타고 나서도 사장님은 나를 한시도 내려놓지 않았다.

사장님은 나를 사장실 안으로 데려갔다. 사장님은 자기의 애장품 의자에 나를 앉혔다. 이 의자가 노르웨이제인데 700만 원이 넘는다고 했다. 오, 진짜 편하네!

그리고는 사장님은 의자 옆 바닥에 그냥 철퍼덕 주저앉았다. 그리고는 온

몸을 떨기 시작했다. 그는 떨리는 손으로 품에서 뭔가를 꺼냈는데, 분명 그것은 옛날에 선전에 자주 나오던 마시는 우황청심환이었다. 잠시 후, 사장님은 차차 진정을 되찾기 시작했다.

진정했어도 사장님은 벙어리가 된 듯이 아무 말 없이 허공만 바라보고 있었다. 진짜로 놀랐나봐! 정말 미안해….

사장님이 헐떡이던 숨을 가라앉히고 나니 사장실이 고요해졌다.

"사장님! 아까 제 부탁은 뭐든지 다 들어주신다고 했죠?"

내가 먼저 말을 꺼냈다. 사장님은 목소리가 잠겼는지 말을 하지 못했다. 대신 그냥 고개를 끄덕였다.

"저 회사 관둘래요."

내가 말했다. 사장님은 아무런 대답도 하지 못했다.

한 시간 후 나는 1층으로 내려왔다. 뛰어내린 게 아니라 엘리베이터를 타고 내려왔단 말이다.

지금으로부터 1년 전인 2008년 10월 2일에 파브리지오 수석 디자이너는 사표를 쓰는 대신 회사 19층 옥외 휴게실에서 뛰어내렸다. 그리고 오늘 2009년 10월 2일에 나, 서민주는 19층에서 뛰어내리는 대신 사표를 쓰고 회사를 나왔다.

08
새 친구? 세 친구!

오늘은 크리스마스이다. 눈이 내린다. 정말 많이도 내린다. 화이트 크리스마스다! 에고야! 연인과 함께하는 크리스마스는 고사하고, 28살 청춘의 아가씨인 서민주는 인천에 있는 어느 정신병원에서 2010년의 크리스마스를 맞이하게 되었다. 왜 내가 여기에 있느냐고? 그러니까 이게 또 엄청나게 긴 이야기인데….

막상 회사를 때려치우고 나왔는데 막막했다. 나는 당장 월 520만 원이라는 무시무시한 펜트하우스의 월세부터 해결해야 했다. 어떻게 해결했냐고? 뭘 해결해? 그냥 방 뺐다! 그다음에는 내가 가진 짐이 문제였는데, 이를테면 드레스룸에 옷이 무려 1,000벌이 넘었다. 어차피 이제 어디 보관할 데도 없을 것 같았다. 대부분 한 번이나 입었을까? 그래서 중고장터에 헐값에 내놓았는데 거의 새것들이라 그런지 순식간에 다 팔렸다.

옷이랑 구두 등을 다 치우고 나니까 100평짜리 펜트하우스가 텅텅 비어버렸다. 식탁도 없고 하물며 TV도 없는 이 집은 그동안 오로지 내가 쇼핑한 물건들을 보관하는 창고에 지나지 않았다.

"정말 미안해…."

문득 집에게 미안한 마음이 들어서 벽을 만지며 혼잣말을 웅얼거렸다. 하여튼 이사할 곳을 찾아보기 위해 이리저리 인터넷을 찾아보는데 막상 마땅한 집을 찾지 못했다. 그러다가 우연히 인터넷 창 귀퉁이에 조그마한 광고가 눈에 들어왔다.

'중독 전문 치료 센터, 인천 성동병원 개원!'

그 광고에 의하면 올해 개원한 이 병원은 정신병원인데 개방형 병동이 있어서 비교적 외출도 자유롭고 의사 선생님들은 모두 다 서울대학교 나왔다고 한다. 무엇보다 각종 중독 증세를 치료하는 센터가 있다고 하니 그냥 마음에 쏙 들었다. 원래 나 단순하잖아! 그래서 그 병원에 전화해서 내 사정을 상세히 이야기했다. 그랬더니 입원은 언제라도 가능하고 전에 다니던 회사에다가 산업재해인가 뭔가를 신청해 보란다. 입원비를 보상받을 수 있을 것 같다고 말해주었다. 그래서 그 산업재해인지 뭔지를 신청했다. 며칠 후, 진짜로 입원비, 치료비 등을 모두 다 토니번 회사가 대주겠다고 연락이 왔다. 신기해! 난 망설임 없이 입원신청서를 병원에 제출하였다.

입원하기 전에 내 재산이 얼마나 되나 정리해 보니 방 빼고 돌려받은 보증금 5천만 원과 중고나라에 물건 판 돈 500만 원이 전부였다. 나 진짜 미쳤나? 그동안 연봉 받은 거 다 어디로 갔지? 그래! 서민주! 너같이 미친놈이 정신병원 말고 갈 곳이 어디 있겠냐? 나의 정신병원 생활은 이렇게 시작되었다!

막상 병원에 와보니 생각했던 것보다 깨끗하고 밥도 잘 나온다. 이곳에서 난 잘 먹고 잘 잔다. 덕분에 난 입원한 지 두 달 만에 체중이 60kg 가까이 되어버렸어! 잉잉!

난 병동 7층에 있는 중독증 환자 전문 치료 센터에서 주로 생활하게 되었다. 여기 와보니 참 별의별 중독이 다 있더라! 도박 중독, 알코올 중독, 게임 중독…

언젠가 중독증 환자들끼리 모여서 서로의 사연을 나누는 시간이 있었다. 이것도 치료의 일종이더라! 아무튼 나는 '첫빠따'로 내가 정신병원에 오게 된 사연을 미친놈들한테 들려주게 되었다.

결혼식장에서 뛰쳐나온 이야기부터 토니번에 취업했다가 파브리지오가 죽은 이야기 그리고 최근에는 쇼핑중독에 걸려 자살하려는 충동을 느껴서 여기까지 오게 되었다는 등 정말 눈물 없이는 못 들을 내 기구한 사연을 죄다 늘어놓았다. 그런데 얼레? 눈물은 고사하고 이런 기구한 사연을 들으면서 눈도 한 번 깜빡거리는 인간이 없다. 전부 미친놈들이라서 그런가?

그러나 그것은 오해였다. 왜냐하면 내 뒤에 발표하는 사람들의 사연에 비하면 내 사연은 사연 축에도 못 끼는 것이었기 때문이었다. 내 사연? 노(No) 사연?

환자 중에 '이유정'이란 여자가 있었다. 나보다 세 살인가 많은데 무슨 온라인 게임에 중독되었다고 한다. 어느 날, 그 언니의 남편이 며칠간 해외출장을 갔는데 그때 아주 그냥 제대로 사고가 터진 것이다. 평소에 게임많이 한다고 잔소리하던 남편이 없어진 틈을 타 그녀는 3일 밤낮을 먹지도 않고 잠도 안 자고 게임만 했다는 것이다. 문제는 저만 안 처먹은 게 아니라 갓난아기인 자기 새끼도 굶겨가면서 게임을 했다는 것이다. 뒤늦게 아기는 병원으로 옮겨졌는데 탈수증으로 끝내 숨졌고 출장에서 돌아온 남편은 분노하여 아내를 정신병원에 입원시키고 일방적으로 이혼까지 통보했다고 한다.

"불쌍한 우리 아기! 미안해! 엄마가 미안해!"

이유정 언니는 사연을 이야기하는 중간중간마다 이렇게 한 번씩 울부짖었다. 어이구, 미친….

그 언니 다음으로 어느 키 크고 잘생긴 남자가 걸어 나왔다. 그 남자는 말하기 전에 바지 소매부터 걷어 올렸다. 나 그때 진짜 그거 보고 너무 무서워 기절하는 줄 알았다. 발목에 그 뭐냐? 성범죄자한테 단다는 그거! 전자발찌를 차고 있었거든!

"제 이름은 박일환, 저는 성 중독자입니다."

참 더러운 병에 걸린 이 아저씨의 직업은 '제비'란다. 돈보다도 여자가 좋아서 제비 짓을 했단다. 예쁘거나 젊은 여자가 아니라도 여자면 가리지 않았다고 한다.

"나이 많고 남편한테 구박받는 유부녀한테 주로 접근했습니다. 다른 여자들보다 쉬웠으니까요…."

'이런 개놈의 쉐이!' 듣다가 하마터면 욕할 뻔했다.

그런데, 좀 더 들어보니 이 사람도 딱한 구석이 있었다. 만나던 여자 중 하나가 자기를 성폭행범으로 고발했다고 한다. 바람난 것을 남편에게 들키자 벌 받을 게 겁나서 겁탈당했다고 거짓말한 것이다.

"그때 전 아무런 변명 없이 죄를 인정했습니다. 억울하지도 않았습니다. 제가 건드리기 전까지 그 여자는 훌륭한 어머니였고, 정숙한 부인이었습니다. 저는 죽어 마땅한 놈입니다. 저는 가정을 파괴한 괴물입니다. 사람답게 살고 싶습니다. 사람답게…."

그 범죄자 아저씨는 말하다 말고 갑자기 울기 시작했다. 그래, 아저씨는 콩밥을 좀 먹어야겠어! 박일환 아저씨는 범죄자라 폐쇄 병동에서 지내야 했다. 이후에도 자주 볼 수 있는 사람은 아니었다.

그리고 진짜 가슴 아픈 사연은 그다음 사람이었다. 키가 165cm도 안 되어 보이는 작은 남자가 얼마나 뚱뚱한지 제대로 걷지도 못해서 지팡이를 짚으며 걸어 나왔다. 그는 발표를 위해 겨우 몇 걸음 걷고도 숨을 헐떡거렸다.

"제 이름은 이균입니다. 저는 피겨스케이트 선수입니다."

"푸하하하!"

아 놔! 너무 크게 웃어버렸어! 근데 진짜 너무 웃기잖아! 돼지 삼겹살같이 생긴 사람이 피겨스케이트 선수라니…. 안 웃기나? 그런데 나만 그렇게 생각한 것은 아니었던 모양이다.

"저기 금방 말씀하신 피겨스케이트라는 게…. 그 뭣이냐? 올해에 김연아가 금메달 딴 거 그거 맞나요?"

누군가 이렇게 묻더란 말이다! 거봐! 다들 못 믿잖아! 나도 저렇게 말하고 싶었던 거야! 단지 웃음이 먼저 폭발했을 뿐이지….

"네 맞습니다. 제가 이래 봬도 98년 나가노 올림픽 때 대한민국 대표 선수였습니다. 믿기 힘드시겠죠. 전 음식 중독증에 알코올 중독증이 겹친 환자입니다. 아내가 죽은 이후, 너무 많이 먹어서 몸이 이렇게 되어버렸습니다."

이균 씨의 아내도 같은 피겨스케이트 선수였는데 작년 가을에 세 살짜리 딸을 남겨두고 암으로 세상을 떠났다고 한다. 그리고 아내의 병원비 때문에 이균 씨는 빚도 많이 졌고 게다가 올해 1월에는 그나마 다니던 회사에서도 정리해고를 당했다고 했다.

"아이와 같이 떨어져 죽으려고 부산 태종대 절벽으로 향했습니다. 우리 가족은 부산에서 추억이 참 많았어요. 아이가 바다를 좋아하기도 했고…."

아 놔! 진짜 이 사람 사연 듣자니 눈물이 앞을 가리는구먼!

"절벽으로 차를 몰고 가던 중에 라디오에서 김연아의 금메달 소식을 들었습니다. 막 눈물이 났습니다. 전 항상 아내에게 이렇게 말했거든요. '천 년이 지나도 우리나라 선수는 올림픽에서 메달을 딸 수 없을 거야'라고…."

이균 씨는 말하다 한바탕 울었다. 그리고 다시 이야기를 시작했다.

"아내는 항상 이 세상에는 불가능한 게 없다고 말했죠. 병에 걸리기 전까지도 아내는 올림픽 메달을 목에 걸겠다며 열심히 노력했어요. 솔직히 저는 진작에 선수 생활을 접었는데…."

그래 내가 보기에도 아저씨는 잘 접은 거 같아! 피겨스케이트랑은 너무 안 어울려!

"그때 마음을 고쳐먹었습니다. 기적을 믿으며 살겠다고…. 왜 죽을 생각은 하면서 죽기 살기로 노력해볼 생각은 안 했는지…."

이 사람 말을 멋지게 한다. 울먹거리면서 말하는 게 짠해….

"저는 개인회생신청을 하고 아이는 장모님께 맡겨둔 채 이곳에 왔습니다. 살도 빼고, 술도 끊어서 건강하게 퇴원해서 딸아이를 보고 싶습니다."

이균 씨가 말을 마치자 사람들이 마구 손뼉을 쳤다. 난 나도 모르게 '앵콜'이라고 외쳤다. 아씨, 무식해 보였을 거야! 잉잉!

그날의 단체치료 이후부터 이유정, 박일환 그리고 이균 이렇게 세 사람과는 친해져서 많은 시간을 함께 보내게 되었다. 우리는 밥도 같이 먹고 여가도 함께 보낸다.

특히 이유정 언니는 이 병동에서 나 빼고 유일한 여성 환자이다. 우린 주로 수다를 떨며 시간을 보내는데, 여자들끼리 대화하는 게 이렇게 재밌는 것인지 평생 처음 알았다.

이균 씨는 진짜 모르는 게 없는 사람이다. 여기 병원에서는 인터넷이랑 텔레비전이 모두 금지되어 있다. 그래서 나는 모르는 게 있으면 인터넷 대신 이균 씨한테 묻곤 한다.

"이균 씨! 나 요새 너무 살쪘어요. 굶어야 할까요? 잉잉!"

한번은 이렇게 내가 물었더니….

"남자는 주로 인슐린 때문에 살이 찌고 여자는 주로 에스트로겐 때문에 살이 쪄요. 남자는 막 굶어서 살 빼도 되는데 여자는 생리 주기를 잘 맞춰가면서 다이어트를 해야 해요. 안 그러면 요요현상이…."

이렇게 답하더란 것이다. 이봐! 이균 씨, 당신은 여기 환자야! 의사가 아니라고….

여하튼 이유정, 박일환 그리고 이균 이렇게 세 사람은 정말 완벽한 나의 친구들이다! 단 전부 미쳤다는 것만 빼면.

09
진료차트

난 요새 정신병원에서 행복한 나날을 보내고 있다. 여기는 나를 꾸짖는 사람도 없고 나한테 욕하는 사람도 없다. 때 되면 삼시 세끼 밥 다 나오고, 전부 환자 옷 입고 있으니까 아침마다 무슨 옷을 입을지 고민할 필요도 없다.

오늘은 중독센터 환자들이 모두 한자리에 모여서 이야기를 나누는 '단체치료'가 있는 날이다. 나는 이 시간이 참 재미있다. 사람들이 웅성웅성 모이는 것이 마치 무슨 파티하는 거 같기도 하고 과자랑 햄버거도 마음껏 먹을 수 있으니까…

"자 여러분, 자리에 앉으실까요? 이제 시작하겠습니다."

오! 시작한다. 저분은 우리 주치의 선생님이다. 담임선생님 같은 분이다.

"여러분, 오늘은 한번 각자의 꿈이나 소원에 관해 이야기해 보겠습니다. 여러분들의 소원은 무엇인가요?"

뭐? 꿈? 소원? 통일? 민주의 소원은 쇼핑?

"소원이라고 해서 뭐 가지고 싶은 거를 이야기하라는 것은 아니고요. 무엇이 되고 싶은지를 이야기하시면 됩니다."

무슨 말이야? 민주가 민주가 되었는데 뭐가 또 되라는 거지? 오늘 단체 치료는 너무 어렵군! 그런데 다른 사람들은 서슴없이 대답하기 시작했다. 미남 범죄자 박일환 아저씨가 먼저 이야기를 시작했다.

"전 신학대학에 입학해서 사제가 되고 싶습니다. 그리고는 세계 각지에서 학대받는 여성들의 인권을 보호하기 위해 제 여생을 바치고 싶습니다."

우와! 멋있다! 저렇게 해야 하는 거야? 난 못할 거야! 사람들이 손뼉 치고 난리가 났다. 다음은 이유정 언니가 일어섰다.

"전 바지런하고 올바른 전업주부가 되고 싶어요."

아까보다는 박수 소리가 좀 작지만 그래도 훌륭했다. 다음은 이균 씨 차례였다.

"전 올림픽에 다시 출전해 메달을 목에 걸고 싶습니다. 사실 그것은 죽은 제 아내의 꿈이었죠. 그 꿈을 제가 대신 이루겠습니다."

아냐! 이균 씨! 내가 여러 번 말했잖아! 당신의 '비주얼'은 피겨스케이트랑은 너무 안 어울려! 그렇지만 다른 사람들은 손뼉 치고 난리가 났다. 이균 씨는 은근히 인기가 많은 거 같다.

모두 자신의 꿈을 이야기했다. 마침내 발표 안 한 사람이 나만 홀로 남게 되었다. 난 일단 자리에서 일어섰다. 그리고는….

"저기… 저는 꿈이 없는데요. 히히!"

이렇게 대충 이야기하고 자리에 앉으려고 하는데 주치의 선생님이 못 앉게 했다.

"서민주 님? 조금만 더 생각해 보세요. 중독 증세는 갈망하는 것을 갖지 못한 불만으로부터의 도피행위에서 비롯되는 경우가 많아요."

이봐, 지금 당신이 한 말을 내가 이해할 수 있을 거라 생각해? 제발 나한테는 쉬운 말로 해주란 말이야!

"근데 아무리 생각해도 전 꿈이 뭔지 모르겠어요. 쇼핑 말고는 할 줄 아는 것도 없고…."

내가 이렇게 말하니까 주치의 선생님이 몇 가지 더 질문하셨다. 그러니까 이렇게….

"(쌤) 뭐 가지고 싶었는데 못 가져서 슬픈 적 없었나요?"
"(나) 저 부잣집 딸이라 못 가져본 거 없는데요."

"(쌤) 반장 같은 거 하고 싶었는데 못 해서 속상한 적 없었나요?"
"(나) 맨날 꼴찌만 한 주제에 어디 감히 반장 자리를 넘봤겠어요?"

"(쌤) 실연당한 적은 없었나요?"
"(나) 남자 친구가 있었어야 실연도 당하죠."

"(쌤) 입사 시험에서 떨어진 적은 없었나요?"
"(나) 제가 관두고 나왔는데요."

여기까지 이야기하고 나니까 주치의 선생님이 말을 멈추셨다.

"알겠습니다. 오늘은 여기까지 하도록 하죠. 서민주 님은 계속해서 꿈에 대해 더 고민해 보세요."

"네!"

대답만큼은 명랑하게! 힘든 단체치료였어! 오늘은 푹 쉬어야겠다!

비록 꿈 같은 거는 없어도 행복한 정신병원의 삶은 그 후로도 계속되었다. 그러던 어느 날이었다. 간호사 언니가 나를 찾더니 누군가가 나를 면회하러 왔다고 했다.

"엥? 나 찾아올 사람 없는데?"

일단 누가 왔는지 가보기로 했다. 어차피 나 할 일도 없잖아? 잠시 후 내가 면회실에 들어서니 어떤 여자가 반갑게 나를 불렀다.

"민주 씨 여기요!"

나는 대답하는 대신 손가락으로 나 자신을 가리키며 고개를 갸우뚱거렸다. 왜냐하면, 아무리 봐도 전혀 모르는 여자였기 때문이다.

"저…. 누구시죠?"

나는 이렇게 말했는데 어머나! 이 여자 심지어 나를 막 끌어안기까지 했다. 황당한 포옹을 마치고 우리는 모두 자리에 앉았다.

"제 이름은 강민아예요. 토니번의 수석 디자이너죠. 파브리지오 선생님의 제자이기도 하고요."

헉! 토니번 수석 디자이너라고? 그리고 파브리지오의 제자? 지금 복수하러 온 건가? 아니 그렇게 보이지는 않는데….

"저를 잘 모르시죠? 파브리지오 선생님은 정말 민주 씨에 관해 이야기를 많이 하셨어요. 제가 일전에 파브리지오 선생님 일기장을 민주 씨한테 소포로 보내드렸었는데 받아보셨나요?"

아하! 너였구나? 안 그래도 그걸 누가 보냈는지 참 궁금했는데….

"아…. 네! 지금도 소중하게 가지고 있어요. 선생님 일은 정말 죄송해요. 전 그때 진짜 아무것도 몰랐어요."

내가 이렇게 이야기하자 강민아 씨는 고개를 절레절레 저었다.

"그것은 선생님의 선택이었어요. 민주 씨 덕에 자신의 무능함을 깨닫게 된 것을 선생님은 오히려 감사해하셨어요. 예술가들은 원래 다 그래요."

헐! 제자라면서 스승의 죽음에 대해 그렇게 아무렇지도 않게 말할 수 있는 거야?

"아, 우선 드릴 게 좀 있어요."

강민아 씨는 하던 말을 멈추더니 큰 보따리를 하나 내밀었다. 산타 할아버지의 선물 보따리 같은 거였는데 속에는 예쁘게 포장된 선물이 잔뜩 들어있어서 더욱 산타 할아버지 보따리처럼 보였다.

"민주 씨가 회사를 떠난 이후에 민주 씨를 사랑하는 사람들의 모임이 생겼어요. 전 그 모임의 대표라고나 할까요? 이건 우리가 민주 씨에게 보내는 응원의 선물이에요."

나는 보따리에 담긴 선물을 찬찬히 하나씩 꺼내어보았다. 선물에는 격려의 메시지가 적힌 카드까지 붙어있었다. 살다가 누구한테 선물을 이렇게 많이, 그것도 한꺼번에 받은 적은 처음이었다.

"사실 우리는 대부분 전에는 민주 씨를 미워했던 사람들이었죠."

강민아 씨는 내가 회사를 떠난 뒤에 일어난 일에 대해서 나에게 상세하게 설명해 주었다. 그 내용은 이런 것이었다.

내가 토니번 사옥 건물 19층에서 뛰어내리려고 한 사건은 전 세계의 토니번 지사에 퍼졌다. 그러자 그다음 날 회사 게시판에 누가 이렇게 글을 올렸다.

'She is not assailant but a victim!(민주는 가해자가 아니라 피해자다!)'

이런 글이 퍼지자 전 세계 회사 직원 대부분이 토니 번 사장의 퇴진을 외치며 데모를 하기 시작했는데 토니 번 사장은 이에 굴하지 않고 자신이 추구했던 경영방식 그대로 회사를 꾸려나갔다. 문제는 내가 없어진 이후 토니 번 사장은 나를 대신해 직접 프로토타입 평가를 해야 했고 토니 번 사장이 고른 프로토타입들은 죄다 망해버렸다. 짧은 시간에 토니번 회사는 말도 못할 손실을 보게 되었고 이사회마저도 토니 번 사장에게 등을 돌리게 되었다.

마침내 토니 번 사장은 자기 스스로를 해고했다. 그가 회사를 떠난 이후 어디서 무엇을 하고 있는지는 아직 아무도 모른다고 한다.

최근의 토니번 회사는 예전 모습을 거의 되찾았다고 한다. 해고당했던 디자이너들도 대부분 재입사하고 폐쇄되었던 필리핀 현지 공장도 다시 문을 열었다. 그리고 실적도 많이 회복되었다고 한다.

"파브리지오 선생님은 늘 민주 씨더러 자기 스승을 뛰어넘는 천재라고 하셨어요. 민주 씨에게 필요한 것은 쇼핑이 아니라 교육이라고 하셨죠."

응? 강민아 씨가 느닷없이 파브리지오 선생님의 이야기를 또 꺼낸다. 난 사실 그 이름이 나올 때마다 자꾸만 가슴이 뜨끔거린다.

"민주 씨를 사이에 두고 토니 번 사장과 파브리지오 선생님의 다툼이 심했어요. 파브리지오 선생님은 민주 씨가 디자이너가 돼야 한다고 항상 말했습니다. 천부적인 재능이 있는 사람을 쓸데없는 프로토타입 평가나 시켜서는 안 된다고 하면서…."

그녀의 이야기에 전혀 공감이 가지 않았다. 내가 어딜 봐서 천재라는 건가?

"저기요. 저 머리 나빠요. 공부도 되게 못했고요. 천재 아니에요. 자꾸 그렇게 이야기하지 마세요."

나는 좀 창피하기도 하고, 기분도 나빠서 이렇게 말했다. 그랬더니 강민아 씨는 서류 가방에서 무슨 색종이 같은 것을 꺼내었다. 그리고 그것을 테이블에 펼쳐보았다.

"한번 테스트해 볼까요? 민주 씨, 이 열 장의 카드 중에서 민주 씨가 이제껏 단 한 번도 본 적 없는 색상의 카드가 있나요?"

엥? 이게 테스트라고? 왜 항상 이 회사 사람들은 왜 맨날 나더러 골라보라는 거지? 그래 알았다. 골라볼게! 어디 보자! 요 색깔은 어디선가 소파 색깔이 이런 게 있었고 요거는 요런 색 셔츠를 봤던 거 같고… 어라? 이건 무슨 색이지? 이게 녹색인가? 아닌데 빨간색인가? 아냐 둘 다 아닌데?

"이거요? 이런 색은 처음 보네요."

나는 생각했던 카드를 손가락으로 가리켰다. 강민아 씨가 그 카드를 집더니 예쁜 미소를 지었다.

"민주 씨, 이 색은 'Reddish Green'이라고 해서 실제 세계에서는 존재하지 않는 색깔이에요. 일반적인 물감이나 염료로는 무슨 색을 섞어도 이 색을 만들 수 없어요. 이 카드는 첨단 공법으로 만든 특수한 표본이고요."

아씨! 뭔 말이야? 제발 어려운 말은 하지 마! 잉! 잉!

"특별히 교육받지 않은 사람이 이 색을 골라낸다는 것은 거의 불가능해요. 참고로 나는 이런 거 못 골라내요."

그래서 겨우 이 색종이 하나 맞혔다고 내가 천재라는 건가? 여전히 이해가 안 간다. 강민아 씨는 내가 고른 그 카드를 내게 주었다.

"이거 드릴게요. 막 버리지 마세요. 이 색상 표본은 상당히 비싼 거니까…. 시간이 늦었네요. 민주 씨 저 이만 가볼게요. 필요한 게 있으면 언제라도 연락 주세요. 우리는 당신을 사랑해요."

강민아 씨는 마지막으로 일어서서 작별의 포옹을 한 번 더 찐하게 해주고는 면회실을 떠났다.

나는 입원실로 강민아 씨가 가져다준 선물을 잔뜩 들고 들어왔다. 7층 병동에서 여자라고는 나랑 이유정 언니 둘뿐이라 4인실 입원실 하나를 우리 둘이서만 쓰고 있었는데 그래서 선물 둘 곳이 많아 다행이었다. 언니랑 선물을 같이 뜯었다. 초콜릿 같은 거는 같이 먹기도 하고….

그날 밤 나는 잠이 오지 않았다. 강민아 씨가 주고 간 색상표를 이리저리 살펴보았다. 뒷장에는 'Reddish Green'이라고 적혀있었다. 밤을 꼴딱 새웠다. 그런데 이상하게도 기분이 나쁘지는 않았다. 밤이 무척 짧게 느껴졌다.

아침이 밝자마자 나는 곧바로 주치의 선생님 방을 찾아갔다. 왠지 기다릴 수가 없는 느낌이었다고나 할까?

노크하고 주치의 선생님의 방문을 열고 들어갔다. 선생님은 친절하게 나를 맞아주셨다.

"선생님 말씀드릴 것이 있는데요. 저 꿈이 생겼어요. 저 대학에 입학할래요. 열심히 공부해서 의상 디자이너가 되고 싶어요."

내가 이렇게 이야기하니까 의사 선생님이 껄껄껄 웃으셨다. 그러더니 갑자기 진료차트를 펼치더니 뭐라고 열심히 적기 시작했다.

"선생님 지금 뭐라고 적으시는 거예요?"

내가 물었다.

"아! 진료 기록 중이에요. 의학용어로 쓰긴 했지만, 일반적인 표현으로 바꾸어 말하자면 '서민주 환자, 거의 다 치료되었음!' 뭐 그렇게 적었어요."

10
Pick up

툰드라의 매서운 바람이 내 뺨을 할퀴고 있다. 옛말에 이르기를 '절기 중에 대한이란 놈이 소한이 놈 집에 놀러 갔다가 얼어 죽었다!'는 말이 실감 나는 한겨울 아침이로구나! 이유정, 박일환, 이균 그리고 나, 서민주는 비록 한날한시에 태어나지는 않았으나 2011년 1월 4일 이 추운 한날한시에 성동병원을 퇴원해서 병원 입구 앞에 각자의 식구들을 기다리며 서 있었다.

어때? 나 좀 유식해졌지? 수능시험 공부하고 나니까 나 이제 이런 말도 할 줄 알아! 아니야, 나 다 집어치우고 하나만 말할래! 나 대학에 붙었다. 어엿한 서울여대 디자인학과에 그것도 3학년 편입학 전형으로 12학번 예비대학생이란 말이지! 히! 히! 그리고 오늘 퇴원한다. 우리의 세 친구와 함께….

지난 1년간 나 정말 공부 열심히 했다. 이균 씨가 연세대학교 경제학과 졸업한 거 알고 있었어? 난 몰랐어! 이 사람 고3 때 운동 때려치우고 겨우 1년 공부해서 연세대 갔대! 세상에…. 천재는 민주가 아니라 이균 씨다! 이균 씨가 인수분해부터 미분, 적분, 영어까지 모조리 다 알려줬다. 진짜 구세주가 따로 없었다. 하다못해 수능시험 접수도 이균 씨가 다 해줬다! 나를 가르치면서 자기는 온종일 운동을 했다. 이균 씨 체중이 여기 처음 입원했을 때 120kg이었는데 지금은 78kg이다. 진짜 독한 놈이다. 병원 밖에서는 강민아 씨가 도와줬다. 문제지 자습서도 사주고 실기 시험도 가르쳐줬다.

사실 수능 치고 돌아온 그날 난 2시간이나 울었다. 다 망친 줄 알았거든…. 근데 나중에 성적표가 발표되었는데 생각보다는 잘 봤더라고? 이렇게 해서 스물아홉 살 서민주의 늦깎이 대학 생활의 서막이 열리게 된 것이다!

아! 그리고 박일환 아저씨도 신학대학에 입학하게 되었다. 게다가 최근에는 우리와 함께 개방형 병동에서 지내고 있다. 모범수라서….

혹시 우리들의 소원 이야기 다 기억해? 아무래도 이유정 언니가 우리 중 가장 먼저 소원을 이룰 것 같다. 몇 주 전 이유정 언니의 남편이 병원으로 전화를 했다. 그리고 놀라운 사실을 전했다.

"유정 씨, 나 아직도 이혼 동의서 제출하지 않고 갖고 있어. 우린 아직 부부야! 사랑한다. 퇴원하는 날 데리러 갈게…."

이유정 언니는 전화기를 붙들고 울고불고 난리가 났는데 그것을 보고 있는 난 닭살이 돋아 죽는 줄 알았다. 무슨 삼류 아침드라마도 아니고….

여하튼 잘 되어서 다행이었다.

시간은 번개처럼 흘렀고 어느덧 퇴원 날이 되었다. 난 애초에 빈 몸으로 왔던 곳이라 별로 짐 쌀 것도 없었다. 사실 우리들의 퇴원 날짜는 조금씩 다 달랐다. 그런데 내가 그냥 넷이서 같은 날에 퇴원시켜 달라고 주치의 선생님께 조른 거다.

오늘 전국에 한파 주의보가 내려졌다. 체감온도는 영하 20도까지 떨어졌다. 그렇게 우리는 지금 이 추운 엄동설한에 각자 누군가를 기다리며 떨고 있다.

이유정 언니는 남편을 기다리고 있다. 며칠 전 연락한 대로 언니를 직접 데리러 오는 중이다. 박일환 아저씨는 신학대학 학과장 신부님이 데리러 오신다고 했단다. 이균 씨는 장모님과 주미가 온다고 그랬고…. 잉? 주미가 누구냐고? 이균 씨 딸내미! 애기 이름이 이주미야! 그리고 나는 토니번 회사의 수석 디자이너 강민아 이사를 기다리고 있는 중이다.

"아씨…. ×라 춥네…."

나도 모르게 욕이 나왔다. 친구들이 웃는다.

"그러게요. 들어가서 기다릴 걸 그랬나요? 왜 이렇게 다들 추운데 나와서는…. 하하!"

이균 씨가 이렇게 말했지만 움직이는 사람은 없다. 우리가 동고동락한 지 꼬박 1년이다. 이심전심! 다들 이제 조금 후면 다시는 못 볼지도 모르니 1분이라도 같이 더 있고 싶었던 것이 아닐까? 잠시 후 승용차가 한 대 나타났다. 이유정 언니가 훌쩍거리기 시작했다.

한 남자가 차에서 내리자마자 언니를 와락 끌어안는다. 안 그래도 추워서 소름이 돋았는데 오글거려 닭살까지 돋는다. 그런데 나는 왜 우는 거지? 그리고 언니 여기 돌아보지 마…. 제발! 그냥 가라! 아이고 결국 돌아섰다. 아! 진짜 울기 싫은데…. 그러나 안 울 수가 없다. 미치겠네! 누가 죽었냐? 우리는 기어이 둘 다 눈이 밤탱이가 될 때까지 울고 나서야 서로 붙들었던 손을 놓을 수 있었다. 언니는 곧 차를 타고 사라졌다.

잠시 후 조그맣고 낡은 차가 한 대 나타났다. 차에서 어느 신부님하고 수녀님이 내리셨다. 박일환 아저씨는 손을 모으고 그분들 앞에 무릎을 꿇었다. 저분이 학과장 신부님인가?

"…In nomine Patris et Filii et Spritus Sancti…."

오 라틴어인가? 신부님이 무릎을 꿇은 박일환 아저씨 머리에 손을 올리고 정성스레 축복의 기도를 해주신다. 박일환 아저씨는 이균 씨랑 악수하고, 그리고 나한테는 고개를 숙여 인사를 하고 그 차를 타고 사라졌다.

그리고서 이번에는 조금 큰 차가 나타났다. SUV였다. 차 문이 열리더니 조그만 여자애 하나가 뛰어내린다.

"아빠!"

이균 이 사람…. '으헉!' 하는 소리 한번 내지르고 목이 메는지 말도 못 한다. 딸내미를 끌어안고 병원 떠나가라 통곡을 한다. 운전석에서 할머니 한 분이 내리신다. 주미의 외할머니인가 보다. 이균 씨 당신도 울 때가 있구먼! 외할머니가 이균 씨 등을 토닥여준다. 이균 씨가 이번에는 외할머니도 끌어안는다.

"다신 말썽 안 피우겠습니다. 이제 정말 잘 살게요!"

콧물이랑 눈물로 얼굴이 범벅이 된 이균 씨가 절규하듯 말했다. 그런 사위를 장모님이 얼굴을 닦아주며 꼭 안아주시는데 이균 씨가 마치 아들 같아 보였다.

"아빠 너무 날씬해. 아빠 안 같아!"

어린 주미가 이렇게 말하자 가족들은 곧바로 웃음을 다시 찾았다. 이균 씨는 나와 악수를 하고 주미를 품에 안고 차에 탔다. 이균 씨가 탄 차가 곧 눈보라 속으로 사라졌다.

그때 멀리서 요란한 소리가 나기 시작했다. 귀에 익은 소리다. 그 소리가 점점 가까워지더니 잠시 후 빨간색 스포츠카가 눈앞에 나타났다. 난 차에 대해서는 문외한이지만 이 차에 대해서는 잘 안다. 저 차의 차종은 벤츠 SLK, 내가 퇴사 직전까지 타고 다닌 차다.

얼레? 그런데 가까이서 보니 번호판도 옛날 내 차 그 번호다. 운전석에서 강민아 씨가 내렸다.

"미안해요! 민주 씨 많이 기다렸어요? 이 차 기억나요? 우리 회사 공용차 잖아요. 옛날에 민주 씨가 타고 다니던…."

한 번도 이 차에 관심을 둔 적이 없었다. 그 시절 나는 오로지 쇼핑에만 관심이 있었으니까…. 다시 보니 참 고급스럽다. 아니 그런 것보다 어렴풋이 이 차를 타고 다녔던 기억이 새록새록 난다.

"이 차 이번에 처분해야 한대요. 민주 씨가 가질래요? 돈은 내가 내줄게요."

오! 이걸 나한테 준다고? 음…. 그렇지만….

"대학생이 차는 무슨 차예요. 그냥 저 가까운 지하철역까지만 태워다 주세요! 히히!"

난 정중히 거절했다. 난 버스 타고 학교 다니고 싶었다. 다른 평범한 대학생들처럼….

11
로봇남

봄은 계절의 여왕이라고 했던가? 길가에 개나리꽃, 진달래꽃이 피어나기 시작했어! 완연한 봄이야…가 아니라 실은 나 지금 너무 추워! 3월인데도 왜 이렇게 추운 거야? 앗, 버스 왔다! 얼른 타자! 응? 어디를 가느냐고? 학생이 학교에 안 가면 어딜 가겠어? 오늘은 입학 후 첫 등교 날이란 말이지!

난 요새 하숙집에서 산다. 하숙집이라길래 옛날 영화에 나오는 기와집 같은 거를 상상했는데 아니더라고! 방이 세 개 있는 아파트에서 다른 룸메이트 둘이랑 여자 셋이서 같이 사는 거야. 그중 한 애는 열라 싸가지가 없어서 짜증 나! 나보다 나이도 한참 어린 게….

학교까지는 버스 타고 네 정거장 정도만 가면 된다. 한번은 잘못 내려서 엉뚱한 학교에 갔는데 웬 군인 아저씨가 학교 교문을 지키고 있더란 말이지. 원래 대학교는 군인이 지켜주나 생각했는데….

"아가씨 여기 육군사관학교입니다. 민간인은 못 들어가십니다."

이러는 거 있지? 완전히 쪽팔렸다. 하여튼 오늘은 똑바로 찾아왔다! 나의 학교! 서울여자대학교!

지난번 등록하려고 왔을 때는 방학이라 그런지 썰렁했는데 오늘은 엄청나게 붐빈다. 세상에 저 애들 좀 봐! 어쩜 저렇게 풋풋하냐? 나도 저 나이 때 저랬나? 오늘 첫 수업 시작시각은 10시지만 난 좀 일찍 왔다. 대학 교정 좀 구경하려고 말이야! 근데 막상 별로 볼 것 없다. 괜히 일찍 왔다. 잠이나 더 잘걸….

첫 수업시간부터 전공과목이다. 지도 교수님 수업이다. 근데 지도 교수님 성함이 뭔지 알아? '노봉남'? 발음하기도 힘들어! 자꾸만 '로봇남'이라고 말하게 되잖아! 어쨌든 나는 어느새 강의실로 들어왔다. 애들이 바글바글한다. 여기 있는 여자애들 대부분 삼삼오오 모여서 떠들고 있다. 나만 혼자다. 갑자기 정신병원에서 같이 지냈던 친구들이 그리워지기 시작했다.

"저기 죄송한데 학생 맞으시죠? 조교님 아니시죠?"

응? 누구? 나? 어떤 애가 말을 거네? 조교냐고? 오호통재라! 내가 늙어 보이는 모양이구나!

"저희 패션 동아리인데요. 키가 커보이셔서…. 피팅 해주실 분 완전 급하거든요. 보시고 관심 있으시면 가입해 주세요!"

이러면서 나에게 프린트를 한 장 건네준다. 동아리 가입 신청서였다. 하긴 내가 170cm가 넘는 기럭지가 아닌 등빨을 자랑하지! 나 사이즈 큰데…. 아가들아! 너희들 작품 다 찢어질지도 몰라!

"네, 생각해 볼게요."

이렇게 대충 답하고 신청서는 일단 받았다. 그때 강의실 문이 열리더니 교수님이 들어오셨다.

"안녕하세요!"

반가운 인사를 외치며 명랑하게 들어오시는 우리 교수님!

'오! 저분이 바로 로봇…남…?'

그때 그분은 수많은 학생 속에 숨어있는 나를 정확하게 뚫어지게 쳐다봤다. 나도 그분을 뚫어지게 쳐다봤다. 로봇남 교수님은 그렇게 마치 꽁꽁 얼어붙은 고드름마냥 꼼짝하지 않고 서있었다. 나 역시 그를 보고는 꼼짝할 수 없었다. 왜냐하면, 로봇남 교수님의 정체는 바로 토니 번 사장님이었기 때문이다.

몇 번이나 쳐다보고 또 쳐다봤다. 그러나 그는 분명 토니 번 사장이었다. 그분도 나를 쳐다보고 또 쳐다보더란 말이다. 뭐라고 불러야 하나? 로봇남 교수님? 아님 토니 번 사장님? 여하튼 그분은 정신을 차리고는 출석을 부르기 시작하셨다.

"어 그러니까…. 출석 부를게요. 강혜민! 구희선…."

"네!"

"네!"

아따! 풋풋한 아이들이 목소리도 해맑구나! 그런데 거침없이 출석을 부르던 로봇남 교수님이 잠시 머뭇거렸다.

"서…. 서민주…."

아, 왜 떨고 그래? 뭐 나한테 죄지은 거 있어? 나는 그냥 있는 힘껏 대답했다.

"네에에에!"

그러자 아이들이 웃는다. 그래 웃어라! 아이들은 웃으면서 크는 법이지. 로봇남 교수님도 웃는다. 좀 긴장이 풀리셨나봐.

여하튼 무사히 첫 수업을 마치고 토니 번…. 아니 로봇남 교수님은 나를 자기 교수실로 데리고 갔다. 뭐 안 데려갔어도 내가 찾아갔을 거야!

교수실은 참 초라했다. 그러니까 예전 토니번 사장실에 비교해 그랬다는 것이다. 테이블이 하나 있었다. 로봇남 교수님이 의자를 당겨준다. 내가 앉을 때는 다시 밀어주고 곧바로 커피도 한 잔 끓여준다. 당신의 매너는 여전히 아름답군요!

"노봉남이 뭐예요? 토니 번이란 멋진 이름 놔두고 왜 그런 촌스러운 이름 쓰세요?"

앗싸! 내가 먼저 말 꺼냈다. 교수님이 진 거예요!

"저 작년에 귀화했어요. 내 중간 이름이 로렌초(Lorenzo)인데, 로렌초의 '노'에다가 앙드레 김 선생님 이름 '봉남'을 붙여봤어요."

아 진짜! 그게 뭐야? 왜 그러고 사는 거야 당신?

"그냥…. 한국에 오래 머물고 있으면 민주 씨 같은 인재를 다시 만날 수 있지 않을까 해서…. 근데 민주 씨가 다시 나타날 줄은 몰랐네요. 혹시나 여기 있는 거 알고 이 학교로 입학했나요?"

이봐! 그건 내가 묻고 싶은 말이라고! 당신 내가 여기 합격한 거 알고 여기에 취직한 거 아냐? 그리고 무식한 내가 가고 싶은 대학을 막 골라서 갈 수 있었겠냐? 여기 이 대학은 죽기 살기로 공부해서 겨우 온 거라고!

"아니요! 여기 계신 줄 전혀 몰랐어요. 교수님이야말로 출석부에서 내 이름 못 보셨어요? 나 여기 학생인 거 오늘 처음 안 거예요?"

"그게 한국 여자 이름들은 다들 비슷비슷해서 출석부만 얼른 봐서는 알기 힘들어요. 하하!"

로봇남 교수님이 씩 웃는다. 그래, 저 살인미소! 난 잊지 못한다.

"건강은 괜찮아요? 보기에는 건강해 보이는데 이제 병원 안 가도 돼요?"

헉! 건강해 보인다고? 나 뚱뚱해졌나?

"저 살쪘죠? 병원에서 잘 얻어먹고 완전 돼지 됐어요! 요새 브라자 끈이 등을 파고들어서 괴로워 죽겠어요!"

아 진짜 나 다시 미쳤나봐! 왜 이러지? 정신병원에 또 가야 하나? 그래도 로봇남 교수님은 좋다고 껄껄껄 웃는다. 아 그래! 화제를 돌리자!

"교수님! 혹시 강민아 씨라고 아세요? 토니번 수석 디자이너인데 병원에 있을 때 민아 씨가 되게 많이 도와줬거든요."

내가 강민아란 이름을 꺼내니까 로봇남 교수님이 살짝 긴장하기 시작했다.

"아…. 네 잘 알죠. 아주 능력 있는 친구죠."

오? 그래? 능력 있다고? 어쩐지 무지하게 똑똑해 보였어. 그리고 보니 강민아 씨 얼굴도 하얗고 예쁘게 생겼던 거 같아! 엄친딸인가 봐!

"민아 씨랑 저랑 절친이에요! 히히!"

어라? 절친이라니까 이분 표정이 갑자기 어두워지셨다. 내가 뭐 잘못 말했나?

"다행이네요. 그 친구 나랑은 앙숙인데…."

아 뭐야? 능력 있는 친구라고 칭찬하기에 서로 친한 줄 알았잖아!

"파브리지오가 죽은 날 강민아 그 친구…. 사장실로 쳐들어와서 내 사무실을 아수라장으로 만들고는 나한테 뭐라고 했는지 아세요?"

나는 대답 대신 고개를 절레절레 저었다.

"Tu assassino!"

뭐야? 이탈리아어인가?

"그게 무슨 뜻인데요?"

내가 물었다.

"'너는 살인자다!'란 뜻이에요…."

나는 침을 꼴깍 삼켰다. 강민아 씨는 내 앞에서는 한 번도 파브리지오 선생님의 죽음에 대해서 슬퍼하거나 심지어 섭섭해하지도 않았다. 그런데 로봇남 교수님한테는 그랬었단 말이야?

"민아 씨도 이탈리아어를 잘하나 봐요?"

나는 좀 분위기를 바꿔보려고 딴말을 했다.

"무슨 소리예요? 민아 씨 어머니가 이탈리아 사람이에요. 민아 씨가 혼혈인 거 몰랐어요? 그 친구 어머니는 한국말 전혀 못 해요. 그 친구 자기 엄마랑은 이탈리아 말로 대화해요."

뭐, 뭐라고? 민아 씨가 혼혈이라고?

"뭐예요. 절친이라면서 그런 것도 몰랐어요? 그 친구 학벌이나 종교는 알아요? 나이는?"

우씨! 뭔가 이 사람 나를 혼내고 있는 거 같은데? 에라이! 찍기라도 해야 할 것 같다. 수능 잘 찍어서 대학에 온 사람이라고, 나는!

"음…. 저랑 동갑?"

내가 이렇게 이야기하니까 로봇남 교수가 웃었다. 아니 비웃었다.

"아무렴 토니번 상무이사가 민주 씨랑 동갑이겠어요? 띠동갑은 될 수 있겠다. 아! 진짜 띠동갑일 거 같은데? 그 친구 나랑 나이 비슷해요. 75년 생일 거예요."

나는 더 말을 할 수가 없었다. 그 여자 뭐야? 완전 내 작은이모뻘이었잖아? 어디 동굴에서 불로초라도 뜯어 먹었나? 나보다 12살 많으면…. 뭐야? 마흔한 살이라는 거야? 이어서 로봇남 교수님이 강민아 씨에 대해 좀 더 설명해 주었는데 강민아 씨의 아버지는 한국 사람이고 어머니는 이탈리아 사람이란다. 그리고 강민아 씨 서울대학교 나왔대! 서울대학교 나온 사람이 진짜로 세상에 존재하다니…. 대학 졸업 후에는 미국 줄리아드대학에서 학위를 받았는데 파브리지오 선생님은 당시 강민아 씨를 가르쳤던 지도 교수였다고 한다.

"파브리지오는 항상 저더러 민주 씨에게 프로토타입 평가를 시키지 말라고 했어요. 교육부터 시키라 했죠. 그래서 내가 대꾸했죠. '왜 그러냐? 당신이 서민주의 프로토타입 평가를 통과할 자신이 없어서 그러는 거 아니냐?'고…."

로봇남 교수님은 더는 말을 잇지 못했다. 살짝 목이 메오는 것이 느껴졌다.

"파브리지오 그 사람 정말 독실한 가톨릭 신자였는데…. 정말 좋은 일도 많이 했고 그가 어쩌면 천국에서 하느님께 졸랐는지도 모르겠네요. 민주 씨를 다시 저한테 보내주라고…."

로봇남 교수님은 이렇게 말을 하고는 길게 한숨을 내쉬었다. 교수님 땅 꺼지겠어요!

"이제 두 번은 바보 같은 짓 하지 않을래요. 민주 씨를 꼭 위대한 디자이너로 만들어줄게요."

오! 교수님 감사해요! 그런데 위대한 디자이너 만들어주기 전에 학점부터 좀 잘 주셨으면 좋겠어요!

12
복선(伏線)

나 요새 정말 검소하게 산다. 모아둔 돈도 별로 없는데 겁나게 비싼 등록금과 매달 주인아주머니께 갖다 바쳐야 하는 하숙비를 마련하려면 어쩔 수 없는 노릇이다. 인터넷에 보니까 어떤 여대생들은 등록금 마련하려고 술집에서 일한다고 그랬어! 끼아아악! 생각만 해도 소름 끼쳐!

난 공릉역 근처에 있는 패밀리 레스토랑에서 웨이트리스 아르바이트를 하고 있다. 옛날에 토니번에 취업하기 전에도 같은 아르바이트를 했었다. 다행히 나의 초인적인 주문 받기 능력은 녹슬지 않았다. 여기서도 나는 일 잘한다고 매니저님에게 엄청나게 귀여움을 받고 있다. 근데 죽어도 웃돈은 안 준다. 세상인심이 야박해졌어!

이토록 알뜰한 내가 오늘은 정말 큰마음 먹고 한탕 질렀다. 오늘은 즐거운 토요일! 난 고급 한식당에 와있다. 그리고 내 왼쪽에는 강민아 씨가 그리고 오른쪽에는 로봇남 교수님이 앉아있다.

그러니까 왜 이런 자리를 마련했냐 하면… 강민아 씨랑 로봇남 교수님은 나에게 있어서 너무나 소중한 사람들이다. 진짜 엄마랑 아빠 같아! 그런데 그 엄마랑 아빠가 서로 앙숙이니 딸인 내가 얼마나 힘들겠어? 오늘 난 둘을 화해시키기 위해 지난 한 달간 모은 여유자금을 탈탈 털어서 이런 고급 식당을 예약한 것이다. 강민아 씨한테 처음 전화 걸어서 토니 번 사장님을 찾았다고 말했더니 강민아 씨가 뭐라고 했는지 알아?

"그 ×끼 어디서 뭐 하고 있대요?"

강민아 씨 욕하는 거 그때 처음 들었다. 진짜 무서웠어! 난 떨리는 목소리로 그 사람은 지금 서울여대 교수로 재직 중이고 나의 지도 교수가 되었다고 말해주었다. 한국으로 귀화해서 이름도 바꿨다고…. '노봉남'으로….

"민주 씨! 지금 당장 나와요! 나랑 만나서 이야기해요! 그놈은 악마예요! 악마!"

나오라는데 나가야지… 안 나가면 이 언니한테 한 대 맞을 것 같았다. 여하튼 그래서 밤늦은 시간에 여자 둘이서 가까운 카페에서 만났는데 강민아 씨는 한 30분 정도를 쉬지 않고 로봇남 교수님 욕을 하였다.

"그 사람 때문에 얼마나 많은 사람이 피눈물을 흘렸는지 알아요? 그 사람이 저지른 잘못 때문에 아직도 회사가 엄청 힘들어요!"

이 이야기… 과연 끝은 있을까?

"그래도… 저한테는 잘해주시는데…."

잠시 기회를 틈타 내가 이렇게 말하니 강민아 씨가 또 한 번 버럭 화를 냈다.

"잘해주긴 뭘 잘해줘요! 민주 씨는 이용당한 거예요! 내가 보기에는 민주 씨가 가장 큰 피해자예요! 당장 학교 옮깁시다! 내가 도와줄 테니까 재수해요! 재수!"

뭐 재수하라고? 어떻게 나한테 그런 말을 할 수가 있는 거야? 어떻게 나한테 재수를 하란 말을 할 수가 있는 거냐고…. 잉잉!

"간신히 문 닫고 들어온 학교를 어떻게 관둬요? 그리고 한 번 더 수능 공부했다가는 진짜 쓰러질 거예요. 전에는 옆에서 이균 씨가 도와주기도 했고…."

이균 씨까지 들먹이며 내가 이렇게 말했더니 강민아 씨는 조용해지더니 이해한다는 표정을 짓는다. 그렇지? 언니가 생각해도 나 다시 재수하면 평생 대학 못 다니게 될 것 같지? 그리고 지금 그런 언니 표정이 난 더 서운한 거 알지?

"그러지 말고 두 분 한번 만나서 이야기해 보는 것이 어때요?"

나는 조심스럽게 물었다.

"내가 그 자식을 왜 만나요?"

그녀는 '안' 조심스럽게 답했다. 여하튼 어르고 달래기를 수백 번 하고 나서야 강민아 씨는 노봉남 교수님을 한번 만나보겠다고 했다.

그리고 그다음은 로봇남 교수님 차례였다. 수업시간 끝나고 교수실로 찾아가 로봇남 교수님께 강민아 씨랑 저녁을 같이 먹자고 말했다. 뭐 교수님이라고 강민아 씨를 좋아할 리는 없었다. 두손두발 다 들고 싫다고 하는 거다.

"그 사람 나에게 원한이 많아요. 그 사람 나를 보면 차로 밀어 죽일지도 몰라요!"

여하튼 다시 한번 어르고 달래기를 수백 번 하고 나서야 로봇남 교수님도 강민아 씨를 한번 만나보겠다고 하였다. 이렇게 해서 겨우겨우 이 두 사람을 한자리에 불러냈다.

그런데 초반부터 분위기가 심상치가 않다. 강민아 씨 팔짱도 안 풀고 로봇남 교수님을 째려본다. 눈에서 레이저 광선이 나가는 것 같다.

"Sei ancora vivo?(아직 살아있었네?)"

오! 강민아 씨가 드디어 입을 열었다! 이탈리아어인가? 뭔 말인지 모르겠어! 근데 별로 좋은 뜻 같지는 않아. 오랜만이란 뜻인가? 아니면 욕한 건가?

"민주 씨가 있으니까 우리 한국말로 대화하죠."

로봇남 교수님이 대답했다. 강민아 씨는 나를 살짝 쳐다봤다.

"당신한테는 별로 한국말을 해주고 싶지 않아. 난 엄마랑 이야기할 때랑 열받았을 때는 꼭 이탈리아 말을 하거든!"

그러니까 아까 그 말은 욕한 거였구먼….

"그리고 당신이 '봉남'이란 이름을 쓰는 것도 마음에 들지 않아. 어떻게 당신 같은 사람이 그런 위대한 분의 존함을 함부로 쓸 수가 있는 거지?"

웃음 폭발할 뻔했다. 위대한 이름? 촌스러운 이름 아니고? 겨우 참았어…. 그런데 어떻게 해? 이러다 강민아 씨가 밥상을 다 때려 엎을 것 같아!

"저 저기요. 두 분 일단 주문부터… 한우 시킬까요? 히히!"

이것이 나의 최선이었다. 내가 할 수 있는 일은 이제 더는 없을 거 같아. 여하튼 훌륭했어! 서민주! 너는 내가 칭찬해 줄게….

강민아 씨는 옆에 놓인 물을 한 컵 들이키더니 한숨을 내쉬었다.

"난 조금만 시킬게요. 저 사람 얼굴 보면서는 밥이 잘 안 넘어갈 것 같으니까…"

아이고 이거 거의 북한하고 미국이 이야기하는 수준이구먼!

"강민아 이사…."

우웃! 로봇남 교수님이 이야기를 시작하려 한다.

"주문하기 전에 우리 이야기부터 먼저 다 마칩시다. 인제 와서 잘못했다고 빌거나 구차한 변명 늘어놓을 생각은 없습니다. 다만…."

다만? 뭐? 제발 교수님…. 그녀의 분노를 좀 진정시켜 봐요.

"과거 이야기는 이제 그만합시다. 왜냐하면, 우리는 공동의 목표를 가졌어요. 당신이 나에 대해 뭐라고 생각하든 나는 민주 씨의 지도 교수입니다. 내가 기필코 민주 씨를 훌륭하게 키워내겠어요. 그러니까 민아 씨는 나를 비난하는 일은 이만 멈추시고 이제부터 절 물심양면으로 도와주셔야 합니다."

우와! 그래 저분이야말로 진짜 똑똑한 사람이지! 말 진짜 잘한다. 강민아 씨는 어떻게 대답하려나…. 아이고 또 눈에서 레이저 발사하고 있네! 진짜 조금만 더 힘 세게 주면 로봇남 교수님 몸 어딘가에 불이 붙어 타오를 것 같아!

"Come sei furbo….(진짜 교활하기는….)"

강민아 씨가 또 욕했다.

"알겠습니다…. 이제 지난 이야기는 그만하도록 하죠. 앞으로 잘 해봐요. 노봉남 교수님!"

오! 극적인 타결이다! 만세! 내가 해냈어! 내가 북한하고 미국을 화해시켰어! 근데 조금만 먹겠다던 강민아 씨가 주문을… 소주 맥주 꽃등심 부챗살…. 헉! 설마 예산이 초과되는 것은 아니겠지? 아니 근데 이거 다 먹을 수는 있나?

헉! 강민아 씨 소주 맥주 나오니까 막 폭탄주를 만들기 시작한다. 로봇남 교수님도 주고 자기도 먹고…. 저 언니 원래 저렇게 술을 잘 먹었나?

다행히 분위기가 화기애애해지기 시작했다. 강민아 씨도 아까보다 눈빛이 많이 풀렸다. 기분이 좋아진 건지 아니면 술에 취한 건지….

"그런데 민아 씨 진짜로 엄마가 이탈리아 사람이에요? 전 지금껏 몰랐어요."

이런 거 막 물어봐도 되나? 에이 몰라! 술 먹고 하는 이야기인데 뭐 어때?

"저 실은 머리카락도 거의 금발이에요. 중학교 시절부터 항상 새카맣게 염색하고 다녔어요. 그거 아세요? 한국 사람들…. 인종차별 엄청 심해요. 거의 나치 수준이에요."

강민아 씨가 이야기하길 그녀가 어린 시절 때만 해도 혼혈아들에 대한 시선이 무척 안 좋았다고 한다. 동네 친구들이 '아이노꾸', '양갈보 딸'이라고 하도 놀려서 어릴 적에 가까운 놀이터에도 함부로 못 나갔단다.

"웃기지 않나요? 나더러 '양갈보 딸'이라고 뭐라 하는데 정작 나는 엄마가 백인이란 말이죠. 하!"

그녀의 이야기는 계속되었는데 한국말을 거의 못 하는 강민아 씨 엄마는 차별받는 딸을 위해 해줄 수 있는 것이 거의 없었다고 한다. 그런 강민아 씨가 어린 시절 자신을 보호하는 길은 오직 공부를 잘하는 것이었다고 했다.

"전교에서 1등 하면 선생님도 예뻐해 주시고…. 껄렁한 애들도 감히 나를 못 건드렸어요. 그게 내가 공부를 열심히 했던 이유였어요."

강민아 씨가 강인하기만 한 사람인 줄 알았는데 서러웠던 시절이 힘들었는지 이야기하다가 눈물이 글썽거린다. 강민아 씨는 이후 서울대 경영학과에 입학했지만 달리 학교나 학과에 관심이 있는 것은 아니었고 형편이 넉넉하지 않았던 탓에 등록금이 싸서 서울대를 선택했다고 한다. 등록금이 싸서 서울대를 갔다니…. 헐!

"…."

강민아 씨가 갑자기 말을 멈췄다. 왜 그러지?

"대학을 졸업하고 미국에서 파브리지오 선생님을 만났죠. 근데 이 이야기는 안 할래요."

파브리지오라는 이름을 강민아 씨가 이야기하는 순간 나도 로봇남 교수님도 순간 고개를 떨구었다. 일순간 방 안이 조용해졌다. 이글거리는 고기 굽는 소리만 들렸다.

"자! 앞으로 더는 성질 안 부릴게요. 그러니까 교수님도 앞으로는 제대로 하세요. 당장 필요한 거라도 있나요?"

강민아 씨가 순식간에 분위기를 뒤집어버렸다! 역시! 그녀의 카리스마는 정말 장난이 아니야!

"산학과제 한 개만 만들어줄 수 있어요? 지금 당장 빈손으로 꾸려나가려니까 무척 힘드네요."

미리 생각이나 하고 있었던 건가? 노봉남 교수님이 얼른 대답했다.

"RFP(제안요청서) 하나 보내드릴게요. 어렵지 않은 거로 보내드릴 테니까… 한 1억 원짜리로 하나 만들어드리면 되나요?"

RFP가 무슨 말이지? 1억을 누굴 준다는 거야? 이 대화는 어렵다.

"충분합니다. 빈틈없이 준비해서 회신 드릴게요."

여하튼 지금 뭐가 잘 되어있는 거 맞지? 그날 저녁 우리 세 사람이 먹은 밥값이 100만 원이 넘었다. 그래도 아깝지 않았다. 마지막에는 두 사람 정말 화기애애하게 웃고 즐기다 헤어졌거든!

강민아 씨 정말 술 많이 먹었는데 아니나 다를까 자리에서 일어나지도 못했다. 로봇남 교수님이 결국 그녀를 업었는데 그렇게 업히고 나니까 그동안 숨겨졌던 강민아 씨의 기럭지가 드러났다. 혼혈이라더니 긴 팔다리의 전형적인 서구적 체형이더란 말이다.

그리고 눈 파랗고 머리도 노란 로봇남 교수님과 찰싹 붙어있으니까 순간 강민아 씨도 순수한 백인처럼 보였다. 둘이 진짜 잘 어울렸다. 둘이 이참에 잘 되었으면 좋겠다.

어쨌거나 오늘은 간만에 두 다리 쫙 뻗고 잘 수 있겠다!

13
주칠(7)파

학교에 주사파란 애들이 있더라고? 난 처음에 무슨 불량서클 이름인 줄 알았다. 알고 봤더니 일주일에 수업을 4일만 가는 애들을 말하는 거였다. 나는 그렇게 비싼 등록금을 내고 수업을 일부러 적게 듣는 아이들이 이해가 가지 않았다. 난 돈이 아까워서 21학점을 꾹꾹 채워서 수강 신청을 하거든!

그리고 월요일, 수요일, 금요일에는 학교 마치고 나서 식당에서 아르바이트하고 있다. 매번 강민아 씨에게 도움받는 것도 미안하니 어떻게든 나도 스스로 돈을 좀 벌어놔야 하지 않겠어?

거기다가 난 패션 동아리에도 가입했다. 이곳은 학과 수업과는 별개로 자유롭게 의상 디자인을 하고 프로토타입을 만들어서 서로 평가하는 아주 학구적인 동아리였다. 매주 두 번 정도 모임이 있는데, 꼭 참석해야 한다.

토요일에는 밀린 일을 마쳐야 한다. 학교 리포트도 해야 하고 빨래도 해야 하고 시험 기간이면 시험 공부도 해야 하잖아!

일요일에는 좀 쉬고 싶은데 강민아 씨가 하도 부탁을 해서 성당을 같이 가줘야 한다. 다른 사람은 몰라도 강민아 씨가 하는 부탁은 들어줘야지! 미사가 시작되면 나는 곧바로 잠이 들어서 마칠 때까지 결코 눈을 뜨지 않는다. 미사가 끝나면 강민아 씨는 수고했다고 나를 성당 근처에 있는 마사지 숍에 데리고 가준다. 실은 나 잠만 잤는데…. 우리 둘은 함께 그곳에서 90분간의 아로마 마사지를 받으며 한 주간 뭉친 피로를 푸는데 이 순간이 나에게는 일주일 중 가장 행복한 순간이다.

일주일이 너무 짧았다. 한 달은 더 짧았다. 어느덧 한 학기가 거의 다 끝났다. 이제 기말고사만 마치면 방학이다! 알렐루야! 다음 주부터 기말고사란 말이다! 그런데 우리 동아리의 아이들은 어김없이 오늘도 정기모임을 가졌다. 지난번 중간고사 때도 그랬다. 이 모임은 결코 '스킵(Skip)' 하는 경우가 없더라고!

나도 어쩔 수 없이 오늘 모임에 나왔다. 특별히 이 모임에서 가장 키가 큰 나는 아이들의 살아있는 마네킹이 되어줘야 해서 꼭 참석해야 한다. 피팅을 해줘야 한다는 뜻이다.

아이들이 만든 옷을 입고 거울 앞에 서면 솔직히 웃음을 참기가 힘들다. 걸레를 걸치고 있어도 이것보다는 나을 것 같았다. 아직 못 배운 아이들이 좋지도 않은 재봉틀을 돌려가며 만들었으니 오죽하겠냔 말이다. 하지만 자기들끼리는 서로 너무 예쁘다며 칭찬을 주거니 받거니 하며 난리들이다.

"민주 언니는 어떻게 생각해요? 지금 그 원피스 잘 된 거 같아요?"

응? 이거? 아! 이게 '원피스'였니? 그래 듣고 보니 원피스 같네. 일단, 이 원피스를 좀 벗고 말해줄게. 너희들이 사이즈를 너무 작게 만들어서 숨 막혀 죽을 거 같단다. 캑! 벗는 것도 너무 힘들어! 옷이 찢어질 거 같아!

"음…. 제가 보기에는 일단 원피스에 색동을 붙인 것까지는 좋아 보여요. 그런데 나 같으면 이런 색 말고 다른 색을 썼을 것 같은데 이를테면…."

일단 동아리방을 좀 둘러보았다. 이런저런 원단이 있긴 한데 딱 봐도 싸구려들이다. 그래 이거랑 이거…. 나는 주변에 보이는 옷감 중에서 내 마음에 드는 색을 몇 개 골라 아이들에게 건네주었다.

아이들은 나한테서 받은 옷감을 잠시 살피더니 헉! 원피스의 색동을 뜯기 시작한다. 설마! 너희 이거 지금 고치려고? 야! 나 아르바이트 가야 해!

한 2시간 정도 걸린 것 같다. 원피스가 다 고쳐질 때까지…. 식당 매니저 언니한테는 좀 늦는다고 메시지를 보냈다. 다행히 괜찮단다. 여하튼 아이들이 힘들게 고쳐놨으니 또 이 언니가 한번 입어줘야 하지 않겠어? 이런 뭐 별반 달라진 게 없었다. 좀 더 고급스러운 걸레처럼 보였다. 행주 정도라고 해줄게…. 그러나 아이들은 또 난리가 났다. 예쁘단다. 4학년 애들은 이걸 졸업작품으로 제출하고 싶다고 한다. 헐!

"민주 언니는 진짜 감각이 남다른 거 같아요! 옷도 엄청나게 코디 잘해서 다니잖아요!"

그 말 진심이니? 하긴 회사 다니던 시절에도 그랬다. 내가 뭘 고르면 사람들이 항상 놀라고들 하였다.

"근데 우리 민주 언니 환영 회식 아직도 안 했어요!"

뭐, 뭐라고?

"맞아! 맞아! 민주 언니가 엄청 바빴잖아!"

"말 나온 김에 오늘 할까?"

이것들아! 다음 주가 기말고사야! 그리고 말했잖아! 나 아르바이트 가야 한다니까!

"선배들 우리 시험 끝나고 함 거하게 놀아요. 내가 한번 쏠게요!"

난 이 위기를 벗어나기 위해 이렇게 말했다.

"꺅! 좋아! 좋아!"

헐! 원래 어린 애들이 단순하긴 해도 애들은 진짜 단세포 동물 같다. 여하튼 일단 동아리방을 빠져나갔다. 아르바이트란 것은 시험 기간이라고 거를 수 있는 것이 아니란 말이다!

또 한 주가 번개같이 지나갔다. 아니 두 주가 지나갔다. 시험도 끝났다! 잘 봤냐고? 시험은 잘 봤는지가 중요한 것이 아니라 끝났다는 것이 중요한 것이다. 나는 약속대로 아이들을 데리고 근사한 곳을 찾아갔다. 어디냐 하면 호텔 뷔페! 이전에 비싼 거 얻어먹었다며 강민아 씨가 나한테 한 쏘겠다고 했었다. 너무 바빠서 차일피일 미루다가 오늘 드디어 난 그녀에게 은혜를 갚을 기회를 주게 된 것이다! 강민아 씨가 약속 장소에 먼저 와있었다. 그녀는 호텔 로비에서 우리를 반겨주었다.

"민주 씨 여기요!"

"민아 씨 미안해요! 나 다섯 명이나 더 데리고 왔어요!"

"괜찮아요! 나도 젊은 사람들 만나고 좋죠."

아이고 고마워라! 난 우리의 어린 선배들에게 오늘의 물주를 소개해 주었다. 나의 전 직장 동료 토니번 상무이사 강민아! 근데 얘들은 진짜 너무 쉽게 감동한다. 강민아 씨를 보고 예쁘다는 등 연예인 같다는 등 난리 호들갑을 떨어댔다.

"우리 일단 들어갈까요?"

강민아 씨가 말했다. 그래 우리 일단 들어가자. 무엇보다 날씨가 너무 더워! 식당에 들어서자 아이들이 난리가 났다. 처음 와봤다는 등 이건 뭐냐는데 뭐긴 뭐야? '와인'이다!

"'와인'은 어떻게 먹는 거지? 이거 흔들어 먹어야 하지 않아?"

디켄딩을 말한 거니? 너희들은 그냥 생맥에 소시지야채나 사 먹일 걸 그랬어! 아! 재미있는 생각이 났다. 강민아 씨를 좀 이용하자!

"선배들! 이 언니 몇 살처럼 보여요?"

내가 강민아 씨를 가리키며 이렇게 말했더니 강민아 씨 내 팔을 꼬집고 입을 막고 난리다. 강민아 씨 손아귀 힘이 어찌나 센지 살점이 떨어져 나가는 것 같았다. 그리고 이 언니야! 입은 막지 마! 립스틱 지워져!

"민주 언니보다 나이 많으세요?"

허! 얘네들이 진짜! 이 언니 나랑 동갑이거든? 띠동갑!

"저…. 75년생이에요."

강민아 씨가 대답했다.

"에에에에! 75년생? 그럼 도대체 몇 살인 거야?"

마흔하나다, 이것들아! 강민아 씨의 나이가 공개되자 아이들이 소리를 지르며 의자에서 마구 뛰어올랐다. 그래…. 사실 나도 저 언니 저렇게 나이 많은 거 안 지 얼마 안 되었어! 강민아 씨 당신을 최강동안으로 인정해 줄게! 그런데, 아니나 다를까 웨이터가 와서 다른 손님들한테 방해되니까 좀 조용히 해달라고 부탁했다.

"우리 다른 이야기 해요. 좀 조용한 주제로…. 다들 방학 때 뭐 할 건가요?"

저렇게 말하니까 강민아 씨 꼭 교수님 같다. 그리고 아이들은 학생처럼 번갈아가면서 대답했다.

"계절학기 들어야 해요!"

"아르바이트해서 돈 벌 거예요!"

"시골 내려가서 엄마 농사 도와줘야 해요!"

"여름 성경학교 갈 거예요!"

아 놔! 진짜 얘네들 너무 귀엽지 않아? 나 눈물이 나올 것 같아!

"민주 씨는요? 민주 씨는 여름방학에 계획 없죠?"

아니, 왜 당연히 없을 것처럼 말하는 거야? 물론 없다. 어쩔래?

"그냥 '방콕'하고 쉴 건데요? 히히!"

내가 이렇게 말했더니 강민아 씨가 마시던 와인을 냉큼 비우더니 '잘됐다!'라는 듯한 표정을 지었다.

"그러면 나랑 유럽여행 한번 갔다 올까요? 한 열흘 정도? 옛날에 민주 씨 잠깐 이탈리아에 갔다 온 적 있었죠? 베네치아에만 있었죠? 로마랑 피렌체에도 한번 가봐야죠! 내가 여행비 댈게요."

강민아 씨가 이렇게 말하는 것을 옆에서 같이 들은 우리의 어린 선배들이 또 한 번 지랄을 해댔다.

"왜 난 저런 친구가 없는 거야?"

"왕 부러워!"

아이들은 이렇게 소리를 질렀다. 아까의 그 웨이터가 두 번째로 우리 테이블에 와서 좀 조용히 해달라고 부탁하고 갔다.

"그래요 같이 가요. 그런데 나도 돈 있어요. 내 여행비는 내가 낼게요!"

나는 강민아 씨한테 당당히 대답했다!

14
유럽 배낭여행

난 아침 일찍부터 일어나 강민아 씨를 기다리고 있다. 오늘이 바로 그녀와 함께 유럽여행 가기로 한 날이거든! 오! 나의 스마트폰이 울어댄다! 메시지다! 강민아 씨다! 도착했대! 내려오래! 내려가자!

저기 주차장에 강민아 씨의 벤츠가 뚜껑을 열어둔 채 웅웅거리며 나를 기다리고 있다. 저 차는 한때 내가 쓰던 토니번사의 공용차였지만 지금은 강민아 씨의 개인 소유물이 되었다. 그런데 운전석에 저 노랑머리 여자는 누구지? 헉! 강민아 씨잖아! 머리색도 변했고 눈도 완전 갈색인 데다가 안경도 썼네?

"좀 달라 보여서 놀랐나요? 유럽 가는데 굳이 한국 사람처럼 보이려고 노력할 필요는 없잖아요? 서클렌즈 빼고 머리도 원래 내 머리카락 색으로 바꿨어요. 오늘 토요일이라 강변도로 금방 막혀요! 빨리 갑시다!"

그래 빨리 가자! 그리고, 강민아 씨 지금 모습이 더 예쁜 거 같아! 그런 생각은 나중에 하고 얼른 짐을 트렁크에 넣고 나도 차에 타고⋯ 자 출발! 헉! 천천히 가! 무서워!

토요일이라 오전인데도 도로에 차가 제법 많았다. 그러나 강민아 씨의 현란한 드라이빙 덕에 우리는 공릉동에서 인천공항까지를 단 40분 만에 돌파했다. 염려했던 것과는 달리 비교적 여유 있게 공항에 도착했다. 간단히 면세점에서 쇼핑을 하고 비행기에 탑승했다.

비행한 지 12시간 후 우리는 첫 목적지인 체코의 수도 프라하에 도착했다. 여름이라 유럽의 낮이 길다 보니 우리가 도착했을 때는 저녁이었는데도 제법 훤했다.

프라하에는 카를교라는 다리가 있었다. 그곳에서 우리는 해가 지기를 기다리기 시작했다. 잠시 후, 마치 우리를 기다리기라도 한 것처럼 카를교의 가로등이 하나둘씩 켜지기 시작했다.

"우앙! 너무 예쁘다!"

카를교의 야경을 배경으로 신나게 사진을 찍고 나서 우리는 식당을 찾았다. 저녁 시간이 한참 지난 시간이라 사실 우리 둘 다 배가 많이 고팠다. 이리저리 거리를 헤매다 우리는 근사해 보이는 어느 레스토랑을 무작정 들어갔다. 그런데 그곳의 손님들은 모두 정장을 입고 있었고 바이올린과 첼로가 홀에서 연주까지 하는 상당히 수준 있어 보이는 곳이었다.

"민아 씨, 여기 아는 곳이에요? 엄청 비싸 보여요. 첫날부터 예산 바닥나는 거 아니에요?"

내가 물었다.

"비싸 보이길래 한번 들어와 봤어요. 체코는 물가가 싸서 괜찮을 거예요. 앞으로 여행하는 동안 이런 데서 밥 못 먹을 거예요."

우리가 레스토랑에 들어서자 웨이터가 정중하게 우리를 맞이해 줬다. 이 식당은 캐주얼 차림으로는 못 들어간다고 했다. 정장이 없다고 하니 드레스를 대여해 주겠다고 한다. 우리는 영화에서나 볼 수 있는 가슴이 아주 깊이 파인 드레스로 갈아입고 나서야 식당에 들어갈 수 있었다. 우리는 그곳에서 여섯 차례에 걸친 코스 요리와 와인 그리고 엄청난 실력의 연주가들이 들려주는 음악을 만끽했다. 걱정했던 것처럼 음식값이 생각만큼 비싸진 않았다.

여독 탓인지 시차가 있었음에도 첫날 숙소에서 아주 잠을 잘 잤다. 다음 날은 일요일이었다. 강민아 씨가 일요일이니까 미사를 드리러 가자고 했다. 여기까지 와서 미사를 들으러 가자고? 좋아! 너의 어깨를 베개 삼아 부족한 잠을 자도록 하지! 그래서 어제 갔었던 카를교로 다시 갔더니 그 근처에 성당이 하나 있었다. 미쿨라슈 성당이란 곳이었는데 나는 이제껏 그렇게 아름다운 건물을 본 적이 없었다. 그날 난 처음으로 미사 시간에 졸지 않았다. 성당 구경하느라 정신이 없었거든!

무사히 미사를 마치고 성당을 나왔는데 저 멀리 산인지 언덕인지 모를 곳을 강민아 씨가 손으로 가리켰다.

"민주 씨, 저기 언덕 위에 성 하나 보이죠? 저게 프라하성이에요. 우리 저기 갈 거예요!"

우리는 마을버스 같은 것을 타고 언덕을 올라 프라하성에 입성했다. 거기는 민속촌 같은 곳이었다. 중세시대 때 쓰던 물건들이 많이 전시되어 있었고 성의 일부는 내부도 공개되어 있었다. 성 복도 끝자락에는 옛날에 쓰이던 화장실이 하나 있었는데 그냥 3층 높이에 구멍이 뻥 뚫려있는 것이었다.

"똥 싸다 잘못해서 빠지면 뒈지겠네!"

내가 이렇게 말하니까 주변에 있던 사람들이 웃었다. 너희들 다 한국 사람들이었구나! 프라하성을 마지막으로 우리는 기차를 타고 프라하를 떠났다.

오후의 해가 살짝 저물 즈음 우리는 오스트리아의 수도 빈에 도착했다.

오스트리아는 옛날에는 황제가 다스리던 제국이었다고 한다. 그래서 빈에는 옛날 오스트리아 황제와 가족들이 살던 궁전들이 많이 있었다. 말하자면 서울의 경복궁, 창덕궁 같은 것들인데 지금 바로 내 앞에 있는 이 국립미술관은 옛날에 궁전으로 쓰였던 건물이었다고 강민아 씨가 설명해 주었다.

미술관 안에 들어서니 온통 대리석 조각들이 가득했다. 심지어 벽에 걸린 커튼을 가까이 가서 봤더니 천이 아니고 조각이더란 말이다. 2층으로 올라가는 계단 옆에 웬 놈이 소를 때려잡고 있는 조각상이 보였다.

"오스트리아 백정인가?"

내가 이렇게 이야기하니까 강민아 씨가 깔깔깔 웃는다. 언니, 근데 나 웃기려고 한 이야기 아니거든?

"이건 그리스의 영웅 테세우스예요. 식인괴물 미노타우로스를 물리치는 장면이죠."

강민아 씨 당신은 도대체 이런 걸 다 어떻게 알고 있는 것이지? 미술관 투어는 참 고단했다. 강민아 씨가 코너마다 엄청난 설명을 해주었지만 난 아까 그 그리스 백정이랑 소머리 인간 외에는 기억에 남는 게 없었다. 배가 엄청 고팠다. 소머리 국밥이 먹고 싶었다.

우리는 일용할 양식을 구하기 위해 시가지로 향했다. 거리에는 온통 모차르트투성이였다. 모차르트 기념품 가게랑 모차르트 초콜릿 가게 등….

"모차르트가 고향이 빈인가 보죠?"

난 간만에 유식 좀 떨어보려고 함 넘겨짚어 봤다. 그런데 어김없이 틀리더라고!

"아니요. 모차르트의 고향은 잘츠부르크예요. 그런데 대부분의 인생을 빈에서 보냈어요."

그러니까 이 가게들은 전부 사기였구먼! 좀 더 시가지를 살피다가 마침내 강민아 씨가 물(Moul)이라는 간판의 식당을 하나 발견했다.

"이 식당 유명한 체인점인데 홍합요리가 맛있어요!"

그래 어디든 좋으니까 빨리 들어가자! 그 물 식당에서는 싸구려 냄비 같은 것에 홍합이 소복이 담긴 요리를 내놓았다. 요리 이름도 '물(Moul)'이란다. 맛있었다. 생각보다 양이 많아서 살짝 남겼다.

식당을 나왔는데 너무 피곤했다. 예약해둔 호텔을 겨우 찾아 체크인하고 방에 들어갔는데 얼마나 피곤했는지 씻지도 않고 그냥 잠들어 버리고 말았다.

다음 날 아침 웬일로 강민아 씨가 나보다 더 늦게 일어났다. 그녀도 무지하게 힘들었나봐! 늦어서 호텔 조식은 당연히 못 먹었고 하마터면 체크아웃 시간도 늦을 뻔했다.

푹 자서 피로는 풀렸지만, 빈을 더 구경할 시간이 별로 없었다. 이따가 저녁에 야간열차를 타고 베네치아로 가야 했기 때문이다. 우리는 빈의 마지막 여행코스인 벨베데레 궁전에 들렀다. 옛날에는 궁전이었지만 사실 이곳도 지금은 미술관이란다. '키스'라는 독특한 그림을 보았는데 너무나 아름답고 신기했다.

"이 작품은 세계적인 걸작이에요. 저 금색은 실제로 금박을 붙인 거예요. 어때요? 정열적이지 않나요?"

강민아 씨의 설명을 들으니 더 대단해 보였다. 이런 것을 만드는 사람이야말로 진짜 천재 아닐까? 벨베데레 궁전 관람을 마친 후 우리는 간단히 저녁을 먹고 야간열차를 탔다.

야간열차 안에서 잠자는 사이 우리 기차는 베네치아에 도착했다.

베네치아에서 우리가 제일 먼저 찾은 곳은 로봇남 교수님의 펜트하우스였다. 이곳은 파브리지오 선생님이 돌아가셨을 때 내가 잠시 피신 왔었던 곳이기도 하다. 이 펜트하우스는 여전히 로봇남 교수님의 소유이지만 지금은 세를 놓았기 때문에 다른 누군가가 살고 있었다. 마침 그들도 여름휴가를 간지라 우리는 홈스테이를 신청하고 여기에 묵게 된 것이다. 여기는 호텔과는 달리 사람이 사는 곳이다 보니 세탁기도 있었고 심지어 빨래 건조기도 있었다. 우리는 그간 쌓인 빨래도 하고 커다란 욕조에 물을 받아서 오래간만에 제대로 된 목욕도 했다.

그런데 7월의 베네치아 날씨는 가히 살인적이었다. 강민아 씨도 너무 더운지 대부분 여행계획을 다 포기하기로 했다. 대신에 우리는 옥상 테라스 그늘에서 차가운 화이트와인을 마시며 휴식을 취했다. 바다와 베네치아의 풍경이 어우러지는 모습이 마냥 쳐다보고 있어도 지겹지 않았다.

다음 날 우리는 아침 첫 기차를 타고 로마로 이동했다. 베네치아에서 로마까지는 한참 걸렸다. 어둑어둑해질 때쯤 로마 테르미니역에 도착했는데 숙소까지의 거리가 택시를 타자니 애매해서 캐리어를 끌고 그냥 걷기로 했다. 가는 길에 짐 들어주겠다는 남자들이 많아서 귀찮았다. 강민아 씨가 유창한 이탈리아어로 정중히 거절하였다.

"No grazie! posso farcela da solo.(괜찮아요! 제가 혼자 들 수 있어요.)"

설마 지금도 욕한 거는 아니겠지? 정중하게 말한 거 맞겠지?

다음 날 개선문, 판테온, 콜로세움 등 로마의 오래된 건축물들을 차례로 구경했다. 특히 영화에서나 봤던 콜로세움이 그렇게 큰 것인지 예전에 미처 몰랐다. 콜로세움에 갔을 때 말인데 강민아 씨가 아레나 무대에 올라가더니 갑자기 큰 소리로 노래를 부르더란 말이다.

"Un bel dì~ vedremo levarsi un fil di fumo sull'estremo confin del mare~"

옆에 같이 서있는 나도 생각해 줘야지 창피해 죽는 줄 알았다. 근데 강민아 씨 노래 참 잘하네! 조수민 뺨친다! 노래를 마치니 콜로세움 구경하던 온 세계 관광객들이 박수를 쳐줬다.

"봤죠? 콜로세움은 공명을 최대한 살린 구조로 설계되어 있어요. 여기 강단에서 큰 소리로 떠들면 마이크가 없었던 그 시절에도 콜로세움 모든 관객이 들을 수 있었다고 해요."

헐! 지금 그걸 설명해 주려고 '조수미 빙의'를 한 거였어?

콜로세움을 마지막으로 숙소로 돌아왔다. 그렇게 또 하루가 지났다. 왜 이렇게 시간이 빨리 가는 거야? 일주일이 거의 다 갔어! 잉잉!

또 하루가 지난 금요일 우리는 베드로 성당을 찾아갔다. 가톨릭 최고의 성당이라고 하던데 과연! 이전에 보았던 프라하의 미쿨라슈 성당은 이곳에는 비할 바가 못 되었다. 성당의 천장이 엄청나게 높았는데 벽 이곳저곳에 너무나 아름다운 천사조각상들이 가득했다.

그러나 그러한 천사조각상들을 무색하게 만들어버리는 것이 입구 한쪽에 있었다. 그 이름도 유명한 미켈란젤로가 만들었다는 '피에타'상이 거기 있었다. 죽은 아들을 끌어안은 어머니 마리아의 손가락 사이로 예수님의 살결이 뿜어져 나왔는데, 저것이 대리석인지 진짜 살결인지 헷갈릴 정도였다. 마리아 님의 표정을 보고 있으면 얼핏 웃고 있는 것 같기도 하고 울고 있는 것 같기도 한데 전체를 보면 너무나 슬퍼서 실성한 사람임이 분명했다.

어느덧 여행 마지막 날이 되었다. 우리는 로마공항에서 비행기를 타고 터키의 수도 이스탄불로 향했다. 이스탄불 박물관에는 세계에서 가장 큰 다이아몬드가 전시되어 있다고 했다. 다이아몬드 싫어하는 여자가 어디 있어? 너무 보고 싶었다. 그런데 막상 실제로 보니까 생각보다 안 예뻐서 실망했다. 꼭 달걀처럼 생겼는데 너무 크니까 저게 다이아몬드인지 뭔지 잘 모르겠더란 말이다.

내가 다이아몬드를 열심히 구경할 때 강민아 씨는 그 옆에 전시되고 있던 어떤 막대기를 유심히 쳐다보고 있었다. 저런 막대기는 뭐 하러 그리 유심히 보고 있는 거지?

"이게 모세의 지팡이래요. 그는 이 지팡이로 바다를 가르는 기적을 행했어요."

아 그거! 나도 안다. 무슨 영화도 있었는데? 나도 저 지팡이를 가지면 바다를 가를 수 있을까?

여하튼 그렇게 이스탄불 박물관 구경을 마치고 우리는 '그랜드바자르'라는 재래시장으로 갔다. 그런데 이 재래시장이 지어진 지 무려 600년이나 되었다고 한다. 파는 물건도 괜찮았다. 특히 터키 과자는 너무 맛있었다. 달콤했어!

이스탄불의 아타튀르크 공항에서 밤 10시에 비행기를 탔다. 너무 피곤했다. 밥 먹듯이 해외 출장을 다니는 강민아 씨가 남아도는 자신의 마일리지를 써서 돌아가는 우리의 비행기 좌석을 비즈니스 클래스로 업그레이드해 주었다.

"민주 씨, 아주 그냥 푹! 자도록 해요. 도착하면 월요일 아침이에요."

오늘이 토요일인데 한국에 가면 월요일이 된다는 이야기가 난 이해가 안 갔다. 어떻게 이틀이나 지나갈 수가 있다는 것이지? 여하튼 우리는 비즈니스석에서 호화로운 비즈니스석 기내식으로 여행의 마지막 만찬을 즐겼다. 술도 많이 먹었다. 스튜어디스 언니한테 술꼬장 부렸던 거 같아! 정말 미안해!

마침내 드디어 돌아왔다. 나의 고국 한국! 그리웠어…가 아니라 실은 또 가고 싶어, 유럽! 강민아 씨가 나를 공릉동 하숙집까지 데려다주었는데 시차 탓인지 강민아 씨가 자꾸 졸음운전을 해서 아찔했다.

"민아 씨! 우리 집에 가서 좀 자고 가요! 사고 나겠어요!"

그렇게 해서 강민아 씨가 나의 하숙집에 잠시 들르게 되었다. 방학이라 룸메이트들은 고향에 가고 아무도 없었다. 우체통에는 편지가 한가득 있었다. 내가 여행 짐을 풀고 정리하는 동안 강민아 씨가 편지를 정리해 주었다.

"어 이거 민주 씨 성적표네요?"

뭐라고! 안 돼! 그거 그냥 휴지통에 처넣어 버려! 앗, 민아 씨! 왜 내 허락도 없이 그걸 뜯는 거지?

"어머나 세상에…."

갑자기 강민아 씨 표정이 굳어져 버렸다. 나 또 퇴학이라도 당한 걸까?

"민주 씨 평점이 4.35네요! 장학생 통지서도 들어있어요. 민주 씨 장학금 나온대요!"

15
프러포즈

세월은 참로로 쏜살같다! 대학 입학한 것이 엊그제 같은데 벌써 4학년이라니…. 요새는 학교에 자주 가지 않는다. 졸업 학점을 거의 다 채웠기 때문에 수업도 별로 없는 데다가 졸업 후 이탈리아 최고 명문대인 밀라노대학원에 진학할 예정이라 학교보다는 주로 유학원에서 시간을 보내고 있기 때문이다.

물론 이 모든 계획은 모두 우리의 로봇남 교수님이 만들어준 것들이다. 그렇다 보니 나는 요새 로봇남 교수님과 함께 지내는 시간이 많아지게 되었다. 그런데 문제가 하나 생겼다. 남녀가 가까이 있으면 정드는 법이잖아? 로봇남 교수님과 나는 요새 단순히 선생님과 제자 사이가 아니다. 둘이서 손잡고 다니는 그런 사이가 되어버린 것이다. 아 진짜 창피해! 어떻게 해야 하나?

여하튼 그러던 어느 날이었다. 집에 오는 길에 로봇남 교수님한테 카톡 메시지가 왔다.

'(Robot-man) 민주 씨 긴히 이야기할 것이 있는데 오늘 저녁 시간 괜찮나요?'
'(천재 민주) 아! 저도 교수님께 긴히 이야기할 것이 있어요!'
'(Robot-man) 아, 그래요? 그러면 오늘 저녁 7시 우리 늘 자주 가던 레스토랑에서 만나요.'
'(천재 민주) Call!'

달리 할 일도 없어 집에 가려던 참이었던지라 메시지를 확인하자마자 난 곧바로 약속 장소로 출발했다. 그래서 약속 시간보다도 10분 정도 일찍 약속 장소에 도착했다. 엥? 그런데 교수님은 그보다도 더 먼저 와서 나를 기다리고 있었다.

"민주 씨 여기예요!"

로봇남 교수님이 나를 불렀다. 언제나 내가 그에게 다가가면 그는 자리에서 일어난다. 내가 앉을 자리를 빼주고 내가 앉으면 그때야 자리로 돌아가 앉는다. 물론 지금도 그렇게 행동했다.

우리는 어제, 오늘 본 사이도 아닌데 오늘은 왠지 좀 서먹서먹했다. 교수님도 그랬는지 서둘러 이것저것 주문했다. 그리고 와인도 주문했다.

"교수님 죄송한데…. 저 이제 술 안 먹어요."

내가 이렇게 말하니까 교수님은 나에게 술 대신 탄산음료를 시켜주고 자기만 와인을 따라 마셨다. 음식이 나오고 나니 분위기가 좀 부드러워졌다.

"민주 씨 요새 학교생활 좀 어때요?"

"음…. 뭐 그럭저럭? 히! 히!"

아니 맨날 보면서 왜 그런 거를 묻는 거야? 그런 거 말고 오늘 나를 보자고 한 이유가 뭐냐고? 이렇게 생각하는 내 맘이 읽혔는지 드디어 로봇남 교수님은 본론을 말하기 시작했다.

"제가 이탈리아에 계신 우리 어머니께 오래간만에 편지를 한 통 썼어요. 이것은 그 편지를 한국말로 번역한 사본인데 내 앞에서 이 편지를 지금 한번 읽어봐 줄 수 있나요?"

편지를 읽어라? 그것이 다인가? 나는 로봇남 교수님이 건네준 편지를 봉투에서 꺼내어 읽기 시작했다. 편지의 내용은 이러하였다.

'Cara mia madre(사랑하는 나의 어머니)! 너무 오랫동안 연락을 못 드렸습니다. 용서해 주세요. 저는 잘 있습니다. 한국인이 되어 살아간 지도 벌써 4년이 다 되어갑니다.

어머니, 저는 지금 사랑에 빠졌습니다. 상대 여성은 지금 제가 지도하고 있는 학생 중 하나인데 아름답고 매우 지적인 여성입니다. 그녀는 지난 2년간 줄곧 장학생이었으며 내년에 수석으로 학교를 졸업할 것 같습니다. 그녀는 또한 매우 뛰어난 영감과 안목을 가지고 있습니다. 그녀는 디자이너로서 이루지 못한 저의 꿈을 대신 이뤄줄 수 있는 사람입니다.

사실 부끄럽게도 저는 아직 한 번도 그녀에게 사랑한다는 고백을 하지 못했습니다. 그러나 분명 우리는 교제하고 있습니다. 이미 늦어버린 사랑 고백을 건너뛰고 저는 그녀에게 청혼하려 합니다. 그래서 저는 이 편지로 어머니께 저의 결혼에 대한 허락을 구하고 허락의 뜻으로 어머니의 반지를 제게 주셨으면 합니다. 내가 사랑하는 그녀의 손에 어머니의 반지를 끼워주고 싶습니다.

찾아뵙고 인사드리지 못해 죄송합니다. 내년 봄에 그녀가 밀라노대학원에 진학하면 그때 꼭 그녀를 데리고 산타루치아로 찾아뵙겠습니다. 어머니의 답변을 기다리겠습니다.

Ti amo madre!(사랑합니다. 어머니!)'

나는 편지를 다 읽었다. 그러자 로봇남 교수님은 품에서 뭔가를 꺼냈다. 그것은 다이아몬드 반지였다. 지켜보는 사람도 많은데 로봇남 교수는 갑자기 의자를 밀치고 내 앞에서 무릎을 꿇었다.

"민주 씨, 이것은 어머니의 반지입니다. 내 아버지가 이 반지를 가지고 어머니께 청혼했던 것처럼 민주 씨에게 청혼하려 합니다."

로봇남 교수님이 슬며시 내 손을 잡더니 그 반지를 끼워줬다. 내 손가락 사이즈는 알고 있었던 걸까? 사이즈도 꼭 맞았다. 주위에서 우리를 본 어떤 사람들이 박수를 치며 환호해 줬다. 난 대답 대신 교수님을 꼭 안아주었다. 그러자 사람들의 환호 소리가 더 커졌다.

"그런데 민주 씨는 내가 청혼하는 것이 그다지 놀랍지 않았나 봐요?"

로봇남 교수님이 나한테 이러는데. 어찌나 웃긴지! 혼자서 웃음을 참느라 힘들었잖아! 너무 가소로웠다. 거짓으로라도 울어줄 걸 그랬나? 겨우 이 정도로 나를 놀래주겠다고? 이 자식! 진짜 놀라운 게 무엇인지를 보여주마!

나는 살며시 교수님 귓가에 입을 가까이 댔다. 그리고 아주 작은 목소리로 이렇게 이야기해 줬다.

"교수님! 저 임신했어요. 3개월이래요. 내년에 널 아빠로 만들어줄게요."

아, 진짜 그때 로봇남 교수님 표정을 다들 봐야 했는데…. 그는 부들부들 떨면서 웃는 건지 우는 건지 모를 표정을 하더니 품에서 우황청심환을 꺼내어 먹었다. 그 왜 있잖아? 마시는 우황청심환! 내가 옛날에 토니번 사옥에서 뛰어내리려다 말았을 때도 로봇남 교수님은 이걸 먹었었다.

로봇남! 조심해! 나는 당신을 우황청심환 먹게 하는 여자라고!

16
모래성(上)

강민아 씨는 요새 너무 바쁘다. 회사 사정이 안 좋다는데 맨날 야근만 한다. 그래서 같이 놀자 하지도 못하고 그녀에게 안부 메시지 보내는 것조차 미안하다. 그리고 남편은 다음 달에 이탈리아로 이사할 준비를 하느라 정신이 없다. 여기저기를 동분서주하며 다니는데 같이 저녁 먹어본 지가 언제인지 모르겠다. 뭐? 남편이 누구냐고? 누구긴 누구야? 로봇남 교수! 나를 이렇게 배불뚝이로 만든 그 인간! 외출이라도 좀 해볼까 해도 난 요새 배가 너무 나와서 움직이기가 힘들다. 출산예정일은 아직 한 달이나 더 남았는데 대체 막달이 되면 배가 얼마나 더 커지려는지….

다행히 학교 졸업 준비는 모두 마쳤다. 사실 지난 2학기 때부터 인터넷 강의만 몇 개 신청하고는 학교에 나가지 않았다. 다른 것보다 배가 나오니까 도저히 학교에 못 가겠더라. 좀 쪽팔리기도 하고….

잘난 척 하나 해도 될까? 내가 우리 학교 졸업생 대표로 선발되었다. 수석 했거든! 히히!

상황이 이렇다 보니 최근에 난 집에서 혼자 있는 시간이 많아졌다. 지난 여름부터 남편 자취방에 들어와 살고 있는데 다음 달이면 이탈리아로 이사할 거라 집 안이 좀 썰렁하다. 최근에는 텔레비전도 팔았다. 그래서 집에서 별로 할 수 있는 것이 없다.

나는 주로 이태리어 공부를 하면서 시간을 보낸다. 이태리어 좀 하느냐고? 왜 이래? 나 요새 집에서 남편이랑 이탈리아어로 대화한다! 그리고 나는 지난달에 밀라노대학 석박사 통합과정에 입학허락을 받았다. 문제는 내 출산예정일이 2월이라 본래 3월 봄 학기에 입학할 계획에 중대한 차질이 생긴 것이다.

그래서 남편은 계획을 수정했는데, 일단 밀라노로 가서 등록만 하고 학교는 휴학하는 것이다. 그리고 베네치아로 가서 애를 낳고 좀 키우다가 1년 뒤 내년 3월쯤에 다시 복학하기로…. 남편이 토니번 회사를 창업하기 직전까지 밀라노대학에서 교수로 있었는데 그 시절에 친분이 있었던 교수님들이 많이 도와준 덕택에 이러한 계획도 가능했다.

난 솔직히 공부는 안중에도 없었고 베네치아에 있는 그 멋진 남편의 펜트하우스에서 살 생각에 가슴이 설렜다. 남편의 말로는 지금 사는 세입자들은 이번 달 말에 모두 나가기로 했다고 한다.

그러고 보니 우리는 혼인신고는 했지만 식은 못 올렸다. 나는 결혼식에 대한 안 좋은 추억이 있는지라 지금 이렇게 사는 것이 좋은데, 도리어 남편이 결혼식 하자고 많이 졸랐다. 그럴 때면….

"Senza soldi!(돈이 없잖아요!)"

내가 이렇게 빽! 소리를 질러버린다. 그러면 남편은 아무 말 없이 물러선다. 정말 미안해!

마음에 걸리는 것이 하나 있다. 아직 엄마 아빠한테 아무런 소식도 못 전했단 말이다.

남편은 여러 번 우리 부모님을 찾아가자고 제안했지만 난 용기가 나질 않았다. 10년 전에 내가 그토록 지랄맞게 사달을 내고 집을… 아니 예식장을 뛰쳐나왔는데 과연 나를 용서해 주실까? 엄마보다도 아빠 얼굴 생각하면 지금도 무서워서 소름이 돋는다. 이런 나의 모습을 보고는 태교에 안 좋을 것 같다고 판단했는지 남편도 우리 부모님 찾아가는 일은 포기한 듯하다. 최근에는 부모님 뵈러 가자는 이야기를 거의 꺼내지 않았다.

그런데 지금 몇 시지? 남편이 왜 이렇게 늦는 거지? 이 남자 아무리 바쁘더라도 결코 10시를 넘긴 적이 없는데 말이야! 아이고 모르겠다. 나도 허송세월하지 말고 이태리어 공부나 더 해야겠다.

그런데 막상 공부하려니까 집중이 잘 되지를 않네! 그래서 대신에 음악을 틀었다. 난 요새 이탈리아 오페라에 푹 빠져있다. 푸치니의 오페라 '나비부인'! 그 오페라의 아리아인 'Un bel dì vedremo!(어느 개인 날!)'를 틀었다.

'Un bel dì,
어느 개인 날,

vedremo levarsi un fil di fumo
sull'estremo confin del mare.
E poi la nave appare.
Poi la nave bianca
entra nel porto, romba il suo saluto.
기적선 내뿜은 한 줄기 연기가
수평선 바다 넘어 곱게 피어오르거든
나의 님이 타신 그 배가 나타나리라.
그 배가 항구에 코를 닿으면
그 배가 기적을 울리거든.

E come sarà giunto
che dirà? che dirà?
Chiamerà Butterfly dalla lontana.
바로 저 멀리서 그가 나를 부르는 소리
뭐라고 하는가? 뭐라고 하는가?
'나비'라고 부르며 그대 마침내 내 앞에 나타나겠죠.

io con sicura fede l'aspetto.
그런 날이 오기를 미쁘게 믿으며 나 오늘도 그대를 기다립니다.'

미국으로 떠나간 백인 남편이 돌아오기를 기다리는 일본인 아내가 부르는 이 노래의 가사가 지금 내 심정과 아주 그냥 딱 들어맞는구나! 이 노래는 예전에 유럽으로 여행 갔을 때 강민아 씨가 콜로세움에서 불러 제꼈던 그 노래이기도 하다. 음악이 아름다웠던 것인지 아니면 원래 임산부가 잠이 많아서 그런 건지 난 그대로 소파에서 잠이 들고 말았다.

몇 시간이 흘렀을까? 자다가 입에서 흐르는 침을 닦으며 문득 눈을 떴다. 시계를 보니 새벽 3시가 넘어가고 있었다. 주위를 둘러보니 남편은 아직 안 온 것 같았다. 무심코 테이블 위에 핸드폰을 집어 들었다. 잠자는 사이 남편으로부터 걸려온 전화가 무려 17통이나 있었다. 내가 도대체 얼마나 깊게 잠들었길래 전화를 이렇게 못 받았지? 아니, 그런데 이 남자는 왜 아직도 안 와?

나는 남편에게 전화를 걸었다. 전화벨이 몇 번 울리고 나서 받길래 다짜고짜 따지기를….

"아 지금 대체 어디서 뭐 하는 거예요? 왜 빨리 안 와요?"

이랬더니 웬 모르는 남자 목소리가 들리는 것이었다.

"누구십니까? 이 핸드폰의 주인과 어떻게 되시는 사이입니까? 이 핸드폰의 주인 노봉남 씨를 아십니까?"

몹시도 긴장된 어떤 남자의 목소리를 듣고 나는 순간 겁이 덜컥 났다.

"저…. 저는 그 사람 와이프인데요. 그러는 그쪽은 누구시죠? 지금 제 남편이랑 같이 있나요?"

내가 이렇게 답하니까 그 남자는 잠시 말이 없었다. 그리고 답하기를….

"저는 강동병원 응급의학과 최승호라고 합니다. 지금 이곳으로 빨리 와주실 수 있으신가요? 2시간 전쯤에 남편께서 교통사고로 숨지셨습니다."

17
모래성(中)

대체 강동병원이 어디 있는 거지? 들어본 적도 가본 적도 없는 그 병원을 나는 택시를 타고 찾아갔다. 병원에 도착하자마자 나는 응급실로 갔다.

"노봉남이란 사람이 여기 있나요? 백인이에요. 눈이 완전히 파랗고 키는 180cm 조금 넘고요."

접수처 간호사가 내 말을 듣자마자 기다렸다는 듯이 무전기에 대고 말하는데….

"유족분 도착하셨습니다. 모시고 가겠습니다."

당신 지금 나더러 유족이라고 한 거야? 달리 생각할 겨를도 없이 그 간호사는 곧바로 나를 어딘가로 안내했다. 뭔가에 홀린 듯 간호사를 따라갔더니 마침내 나는 나에게 전화를 했던 최승호라는 이름의 의사 선생님을 만날 수가 있었다.

"부인, 놀라지 말고 들으십시오. 약 5시간 전쯤에 불의의 사고가 있었습니다. 남편분이 교통사고를 당하셨습니다. 저희는 최선을 다했지만 남편분이 너무 심하게 다치셔서 도저히 살려낼 수가 없었습니다. 지금 저랑 영안실로 가서서 신원확인을 해주셔야…."

지금 당신 나한테 무슨 개소리를 하는 거야? 아까부터 왜 자꾸 내 남편이 죽었다고 이야기하는 건데?

"어떻게 나한테 그런 이야기를 할 수가 있죠? 어떻게 나한테 내 남편이 죽었다는 이야기를 할 수가 있냐고요? 내 남편 어디 있어요?"

나는 고래고래 소리를 질렀다.

"부인 정말 죄송합니다. 하지만 현실을 받아들이셔야 합니다. 지금 저랑 같이 가서 남편분의 시신을 확인하셔야…."

"그만해! 난 아무 데도 안 가! 로봇남더러 당장 걸어 나오라고 해! 내 남편은 안 죽었어!"

난 미친 듯이 소리를 질렀다. 아니 그냥 미쳤었다. 난 최승호 의사 선생님의 멱살을 움켜잡았다. 얼마나 필사적으로 잡았는지 떡대 좋은 경호원들이 나타나 덤볐는데도 내 손을 풀지 못했다. 그런데 그때 같이 있던 어느 간호사 하나가 말하길….

"교수님 여기 유족분 양수 흘러나와요."

이렇게 말하는 것이었다. 발아래를 보니 바닥에 물이 흥건했다. 이거 지금 내 몸에서 나온 것인가? 갑자기 배가 너무 아파지기 시작했다. 예정일은 아직 한 달이나 남았는데….

"응급분만 해야겠어! 산부인과 레지던트 지금 누가 있나?"

최승호 의사 선생님은 일사불란하게 주위 사람들에게 명령했다. 간호사들이 나를 환자 침대에 눕혀 어딘가로 데려갔다. 실려 가는 중에 나는 마지막 남은 힘을 다해 주머니에서 핸드폰을 꺼냈다. 떨리는 손가락을 움직여서 겨우 강민아 씨에게 전화를 걸었다. 시간이 새벽 4시를 넘어가고 있었는데도 다행히 강민아 씨가 전화를 받았다. 회사 일이 너무 바빠서 그때까지도 퇴근을 못 하고 있었던 것이다.

"오, 민주 씨! 이렇게 늦은 시간에 웬일이에요?"

강민아 씨의 목소리가 들렸다. 갑자기 눈물이 핑 돌았다.

"민아 씨 나 좀 살려줘! 여기는 강동병원 응급실….''

그것이 내가 할 수 있는 모든 것이었다. 그리고는 본격적인 분만이 시작되었는지 배가 너무 아파서 아무 말도 못 하겠더란 말이다. 핸드폰을 머리맡에 떨구었는데 수화기에서 계속해서 강민아 씨의 목소리가 흘러나왔다.

"민주 씨! 민주 씨! 거기 어디야? 강동 어디라고? 내가 당장 갈게! 민주 씨!"

그 뒤의 일은 사실 별로 기억나는 것이 없다. 아파서 미친 듯이 소리 질렀던 일 외에는…. 여섯 시간이나 난 그 고통을 견뎌야 했다. 그리고 마침내 그토록 기다렸던 내 딸과의 첫 만남을 가질 수 있었다. 난 그토록 죽을 것만 같았는데 얄밉게도 의사는 비교적 순조로운 분만이었다고 한다. 이게 순조로운 거라면 안 순조로운 거는 도대체 어떤 거지?

피투성이 아기가 내 품에 안겼다. 아기에게 초유를 먹이는데 요 녀석이 살며시 눈을 떴다. 아기의 반짝이는 파란 눈동자가 마치 보석 같았다. 그것을 보고 있자니 눈물을 멈출 수가 없었다.

그냥 큰 소리로 울었다. 아파서 운 것일까? 아니면 아기를 얻게 되어 기뻐서 운 것일까? 아니면 남편이 죽어서 슬퍼서 운 것일까? 알 수 없었다.

아기는 특별히 별문제가 있는 것은 아니었지만 예정일보다 한 달이나 빨리 태어나서 간호사들이 데려가 인큐베이터에 넣었다. 다시 혼자가 되었다. 난 기진맥진해서 쓰러졌다.

늦은 오후 무렵 눈을 다시 떠보니 강민아 씨가 보였다. 내 손을 꼭 잡고 있더란 말이다. 근데 당신은 왜 울고 있는 거야? 목소리가 나오질 않았다. 여섯 시간 동안 미친 듯이 소리를 질러서 그런가? 목이 따갑기도 하고…. 그런 내 사정을 아는지 강민아 씨가 묻지도 않았건만 지난 열두 시간 동안 있었던 일들을 하나하나 차근차근 이야기해 주었다.

내 남편 노봉남은 오늘 새벽 2시 19분에 공식적으로 사망했다. 향년 45세의 나이였다. 사인은 교통사고로 인한 과다출혈 및 뇌진탕이었다.

그러나 그러한 사인은 무의미했다. 왜냐하면 너무 큰 사고를 당한 나머지 남편의 몸은 그냥 만신창이였기 때문이다.

지난밤 9시 50분쯤 남편은 미사리 쪽에서 집으로 돌아오는 길에 중앙선을 넘어선 어떤 승합차와 정면으로 충돌했다. 당시 상대편 운전자는 만취 상태였는데 중앙선 너머의 차선을 2개나 넘어 역주행을 하고 있었다.

남편은 최근 대학교 교직원들이 쓰는 공용차를 자주 빌려 탔다. 그것은 아주 낡고 작은 차였다. 다음 달에 이탈리아로 이사를 할 계획이었기 때문에 남편이 전에 쓰던 차는 팔았다. 커다란 승합차를 타고 있었던 상대편 운전자는 별로 다치지 않았다. 가벼운 찰과상만 입고 현재 구치소에 갇혀있다고 했다. 그러나 남편의 경우에는….

당시 구급대원들이 찌그러진 자동차에서 남편을 끄집어내는 데에만 거의 한 시간이 걸렸다고 한다. 그리고 병원으로 옮겨진 지 세 시간 후 결국 남편은 숨을 거두었다. 강민아 씨가 나를 대신해서 남편의 신원확인을 해 주었다. 남편의 몸이 훼손이 너무 심해서 보는 내내 너무 마음이 아팠다고 강민아 씨가 말했다.

강민아 씨가 빈소도 마련해 주고 조문도 받아주었다. 미망인인 나는 거기 못 갔다. 여기 이렇게 입원실에 누워서 회복 중이고 고인의 유일한 상주이자 무남독녀 외동딸은 조금 전에 태어나 인큐베이터에 누워있다. 강민아 씨는 남편의 시신을 빈소에 두지 않고 영안실에 두기로 했다. 상대편 운전자에 대한 재판에 대비해 시신의 상태를 온전히 보전해 두고자 그렇게 조치해 둔 것이다.

강민아 씨는 벌써 기소를 준비하고 있었다. 워낙에 영리한 사람이라 사고 난 지 만 하루도 안 되었는데 온갖 관련 법률을 줄줄이 꿰차고 있었다.

"미친놈! 술을 먹었으면 대리운전을 부르든가 해야지! 평생 빛을 못 보게 해줄 테다."

강민아 씨가 이를 부득부득 갈면서 이렇게 말했다.

"민아 씨…."

난 겨우 목소리가 터져 나오기 시작했다.

"민주 씨 몸 좀 괜찮아요? 물 좀 떠줄까?"

강민아 씨가 대답하며 나에게 좀 더 가까이 다가왔다.

"이 은혜를 어떻게 갚아야 할지 모르겠네요…."

그래, 그녀는 진정 하느님이 내게 보내주신 수호천사임이 분명했다. 천사처럼 예쁘고 힘도 세고… 그러고 보니 강민아 씨 세례명이 천사라는 뜻의 안젤라(Angela)이었던 거 같은데?

"쓸데없는 소리! 민주 씨는 내 동생이나 다름없는 사람인데…. 그런 생각 하지 말고 빨리 회복이나 해요. 우리가 해야 할 일이 너무 많아요."

그녀의 타이름에 나는 대답 대신 고개를 끄덕였다. 강민아 씨는 옆에 있던 수건으로 내 이마에 땀을 닦아주었다. 그때였다. 입원실 문이 빼꼼히 열리더니 누군가가 들어왔다. 누구지?

아빠였다. 그런데 어찌나 행색이 초라하신지 못 알아볼 뻔했다.

"으헉! 민주야! 아이고 내 새끼!"

나를 보자마자 아빠가 오열하면서 달려들어 나를 끌어안았다. 문득 나는 수년 전 성동병원 앞에서 세 살짜리 딸을 끌어안고 오열하던 이균 씨의 모습이 순간 뇌리를 스쳐 지나갔다. 아빠는 나를 끌어안고는 펑펑 울었다. 아빠 품이 이렇게 따뜻했나? 처음 느껴보는 감정이었다. 늘 날 꾸짖는 무서운 사람이 내가 가진 아빠에 대한 유일한 감정이었는데….

"아빠, 나 아빠 우는 거 처음 본다."

내가 이렇게 말하니까 그 말이 웃긴지 아빠가 울다가 웃다가를 번갈아 했다.

"그래 지금 실컷 봐라! 아이고 내 새끼….''

울던 아빠가 조금 진정하더니 내 옆으로 의자를 끌어와 앉았다. 강민아 씨랑 통성명도 하고….

"노 서방한테 너에 관한 이야기를 많이 들었다. 혼자서 공부해서 대학교에도 가고 가서도 공부 너무 잘해서 장학금도 탔다면서? 결혼해서 아기도 곧 낳을 거고…. 얼마나 자랑스럽던지 내가 만나는 사람만 보면 딸 자랑하는 게 아주 그냥 요새 낙이란다!"

헐! 언제 봤다고 노 서방이래?

"여러 번 너를 찾아와 보고 싶었는데 노 서방이 그러더라…. 네가 아빠 별로 안 보고 싶어 한다고…. 그래서 지금 너 너무 잘하고 있는데 괜히 방해될까봐 그냥 모른 척하고 있었다."

"뭐야? 남편하고는 언제부터 알고 있었던 거야? 나 몰래 둘이서 만나기라도 한 거야?"

내가 잠시 아빠의 말에 끼어들어 이렇게 물었다.

"사실, 노 서방은 혼자서 찾아와서는 큰절 올리고 갔었어. 아니, 난 처음에 전화로 한국말을 너무 잘해서…. 그런데 눈이 시퍼렇고 덩치가 좋은 친구가 나타나서는 어찌나 놀랬는지 하하하! 꼭 생긴 거는 로버트 테일러스처럼 생겨가지고…."

아! 그래, 로버트 테일러…. 고전영화 '쿠오바디스'의 주인공…. 그렇게 말하다니 아빠답다.

"그런데 엄마는 어디 있어? 왜 혼자 왔어?"

내가 이렇게 묻자 아빠가 잠시 시무룩해지셨다.

"엄마 이야기는 나중에 하자! 아무튼, 오늘 여기는 못 오신다."

난 그냥 고개를 끄덕였다. 솔직히 나도 지금 너무 정신도 없고 기운도 없어서 아빠 한 사람 나타난 것도 버거웠다. 나는 아빠에게 빈소를 맡아달라고 부탁했다. 그리고 강민아 씨는 회사로 돌아가도록 설득했다. 물론 강민아 씨는 돌아가지 않으려 했다.

"민아 씨, 그 회사도 이제는 남편이 남긴 유품 중 하나예요. 요새 몹시 어렵다면서요. 민아 씨 아니면 그 회사 누가 지켜주겠어요? 가서 회사를 살려줘요."

내가 이렇게 말하니까 그제야 강민아 씨가 주섬주섬 자리에서 일어나 짐을 챙기기 시작했다.

"민주 씨 하루 사이에 부쩍 변한 거 같아요. 뭐랄까 엄청 점잖은 느낌이랄까?"

내가? 그래 그럴지도 모르지 왜냐하면….

"이제 전 엄마잖아요. 언제까지 애처럼 살아서야 되겠어요? 아빠도 가봐요. 남편 빈소 비워두지 마…."

18
모래성(下)

밤이 되어도 좀처럼 눈을 붙일 수 없었다. 계속 산후통이 오고 남편이 죽은 것이 아직 실감이 나지도 않고…. 그래도 이제는 좀 걸을 수 있을 정도로 회복되었다. 아니, 무엇보다 누워있는 것이 지겨워서 자리에서 일어났다. 천천히 걸어보았다. 창가로 다가가 바깥을 보니 눈이 내리고 있었다.

"남편이 눈 내리는 날 엄청나게 좋아했는데…."

듣는 사람도 없는데 혼잣말을 지껄였다. 잠시 이런 회상에 젖어있을 때 입원실 문이 스르르 열렸다. 누군가가 들어왔다. 자려고 꺼두었던 불을 다시 켰다. 불을 켜보니 금발과 파란 눈을 가진 어떤 할머니가 천천히 나에게 다가오고 있었다. 분명 처음 뵙는 분이었지만 너무나 익숙한 그 두 눈동자를 바라보니 난 대번에 그분이 누군지 금방 알 수 있었다. 그리고 그분도 내 목에 걸려있는 결혼반지를 보고 내가 누군지를 알 수 있었을 것이다. 손가락이 너무 부어서 결혼반지를 목에 걸고 있었는데 1년 전만 해도 이 반지는 원래 그분의 것이었다.

"Madre!(어머니!)"

난 소리를 내질렀다! 그분은 나의 시어머니셨다. 이탈리아에 살고 계신 내 남편의 어머니였단 말이다. 겨우 잠가두었던 눈물보가 다시 터졌다. 어머니는 울고 있는 나를 끌어안고 이마와 뺨에 폭풍 같은 키스를 퍼부어 주셨다.

"Mi dispiace! Mi dispiace!(죄송해요!)"

"No! No! Non è colpa tua!(너의 잘못이 아니야!)"

우리는 그렇게 서로를 부둥켜안고 한참을 오열했다. 조금 진정이 된 후 나는 빈소를 지키고 있는 아빠에게 전화했다. 이탈리아에서 시어머니가 오셨으니까 인사하라고 말이다.

잠시 후 아빠가 입원실로 들어오셨다.

"아이고 사부인 이 먼 곳까지…."

아빠가 어머니에게 고개를 숙이며 이렇게 말했다. 어머니는 대답 대신 나에게 한 것만큼이나 많은 키스 세례를 아빠의 양쪽 뺨에다 퍼부었다. 아빠는 무지 부끄러워했다.

매사에 철두철미한 남편은 혹시라도 모를 상황에 대비해 자신과 심지어 나까지 이탈리아 영사관에 신변 보호를 신청해 뒀다. 그래서 남편의 비보를 사실 어머니가 나보다도 조금 더 일찍 받으셨다. 이탈리아 영사를 통해서 말이다.

이탈리아에서 한국까지는 비행시간만 열한 시간이 넘는다. 그런데, 그 먼 거리를 어머니는 단 열여섯 시간 만에 오셨다. 어머니는 조금 전 아들의 빈소 앞까지 갔지만 아들의 영정을 보는 것이 너무 두려워서 들어가지 못하고 나를 먼저 찾아온 것이다.

내가 정식으로 두 분을 각각 소개해 드렸다. 어머니는 한평생을 유럽에서만 사셨던 분이라 그런지 한국의 예의 같은 것은 전혀 모르시는 듯했다. 내가 무슨 말만 하면 자꾸 아빠를 끌어안으니까 아빠가 부담스러워하셨다.

어머니는 조금 분위기가 부드러워지자 아들 자랑을 한참 늘어놓으셨다. 동양이나 서양이나 엄마들 이야기는 다 똑같은가 보다! 어릴 때부터 공부를 잘했다는 등 여자애들한테 인기가 많았다는 등의 이야기 말이다.

이야기 중에는 내가 몰랐던 내용도 있었다. 어머니는 원래 오스트리아 사람이었는데 산타루치아에 놀러 갔다가 우연히 들렀던 식당의 주인과 사랑에 빠져 결혼했다고 한다. 그러면 그 식당의 맛있는 요리를 평생 먹을 수 있을 것으로 생각했다고 한다. 그 식당의 주인, 즉 내 시아버지는 남편이 고등학생 때 갑작스러운 병환으로 세상을 떠났다. 그리고 그 이후부터는 시아버지를 이어서 어머니가 요리하시는데 다행히 단골들이 아직도 끊이지 않고 있다고 했다.

오스트리아 출신이라 그러신지 어머니가 독일어 억양이 강해서 중간에서 번역하는 데 애를 먹었다. 내가 어머니의 이야기를 듣고 아빠에게 이런저런 이야기를 들려드리면 아빠는 고개를 끄덕이면서 이렇게 말했다.

"Good! Good!"

아빠! 어머니는 이탈리아 사람이야. 영어는 모르신다고…. 그리고 아빠는 영어도 못하잖아!

"Your son…. Good, good…."

이게 우리 아빠가 말했던 가장 긴 영어 문장이었다.

이야기를 나누던 중 어머니가 마음의 준비가 된 듯 빈소로 가시겠다 했다. 내가 직접 모시고 가지 못하는 게 죄송했다. 대신 나는 얼른 내 코트 주머니를 뒤져서 마시는 우황청심환을 하나 드렸다.

신경성 협심증이 있었던 남편은 항상 우황청심환을 진정제 대신 들고 다녔다. 한국에 오기 전에 복용하던 항히스타민제보다 효과도 좋고 부작용도 적어서 늘 애용했었다. 부부는 닮는다고 나도 언제부터인가 주머니에 꼭 한두 개씩 넣고 다녔다. 아빠가 어머니를 모시고 입원실을 나간 뒤 그날 밤 난 어떻게 잠들었는지도 모르게 잠이 들었다.

다음 날 날이 밝아 눈을 떠보니 보호자 침대에 어머니가 잠들어 계셨다. 어머니의 얼굴은 완전 쑥대밭이었다. 화장이 눈물 콧물에 완전히 녹아내려서는 안 그래도 하얀 얼굴에 먹칠투성이가 장난이 아니었다. 어젯밤 아들의 빈소에서 얼마나 오열하셨을지를 생각하니 눈물이 핑 돌았다.

"서민주 님 일어나셨네요? 오늘부터 아기 인큐베이터에 안 있어도 되는데 데려다드릴까요?"

내가 일어난 인기척이 느껴졌는지 담당 간호사가 문을 열고는 이렇게 말하였다. 난 고개를 끄덕였다. 곧 어머니도 일어나셨다. 그리고 거울을 보시더니만….

"Mamma mia!(원 세상에!)"

그렇게 말씀하시고는 자기 꼴이 우스웠는지 잠시 웃으시는데 그 미소가 남편하고 똑같더라. 어머니는 얼른 '복구작업'을 수행하셨다. 잠시 후, 우리 아기가 끌차에 실려 들어오는데 어머니가 막 비명을 지르셨다. 한번 안으시더니 내려놓지도 않는다. 직접 젖병도 물리고 기저귀도 갈고…. 그래 서양 할머니라고 뭐가 다르겠냐? 그렇게 어머니와 함께 아기를 서로 주거니 받거니 하고 있는데 갑작스레 강민아 씨가 다시 입원실에 들렀다.

"Oh! Angela!"

엥? 어머니가 강민아 씨를 알아본다? 서로 알고 있는 사이였어? 둘이서 끌어안고 난리다. 뭐야 은근히 나만 왕따인데? 어머니와의 정열적인 인사를 마치자 강민아 씨는 엄청난 양의 서류를 꺼내어 나에게 보여주었다.

"민주 씨 지금 정신이 없겠지만 급하게 몇 가지 처리해야 할 일이 있어요. 교수님 관련해서…."

아이고 이 언니야! 회사 일이나 열심히 하라고 했잖아! 뭘 또 챙겨서 온 거야? 하긴 뭐 당신이 내가 하지 말라고 한다고 안 할 사람인가? 그래 알았어. 내가 뭐부터 봐야 하는데? 내가 다가서자 강민아 씨는 서류를 펼쳐 보이며 차근차근 설명하기 시작했다.

우선, 남편의 유산부터…. 몇 가지가 있었는데 그중 가장 큰 것은 토니번 사의 지분과 하숙집 아파트였다. 나는 강민아 씨가 알아서 하도록 법정 대리인으로 선임하는 서류에 사인했다.

다음으로, 베네치아에 있는 펜트하우스…. 어머니께 상속하는 게 좋을 것 같다고 강민아 씨가 말했다. 이탈리아인이 상속받아야 절세가 어떻고 뭐가 어떻고…. 아무튼 난 그렇게 하라고 했다.

세 번째로 생명 보험금 수령이었는데 강민아 씨가 이 설명을 할 때 난 또다시 남편의 철두철미함에 놀랐다. 남편은 나보다 열네 살이나 많아서 늘 나보다 자신이 먼저 죽는 것을 고민했었다. 남편은 여러 가지 생명 보험을 가입해 놓았는데 대부분 지금부터 효력이 발생하는 것들이었고 다 합쳐보니 내가 재혼하지 않는 한 매달 약 100만 원 가까이 되는 돈을 받을 수 있었다.

네 번째로, 사고를 낸 승합차 운전자, 이름하여 '박석대'… 그를 살인혐의로 기소한다는 내용의 고발장이었다. 나는 잠시 서명을 망설였다. 뭐, 내가 성인군자라서 그런 게 아니라 이 자식 목을 매달아 버린다고 한들 지금의 내가 뭐가 달라지겠느냔 말이다? 하지만 결국 난 사인했다. 난 정말 하고 싶지 않았지만 강민아 씨가 원했던 것이기 때문이다. 언니, 하고 싶은 대로 한번 잘해봐!

그리고 마지막으로 강민아 씨가 하나 더 이야기해 주었는데 다른 것은 몰라도 이 대목만큼은 듣자니 분노가 끓어올랐다.

"이거는 민주 씨가 직접 해줘야 하는 문제인데 민주 씨의 밀라노대학원 진학 문제…."

지난 2년간 남편은 나를 온 정성을 다해서 가르쳤다. 나를 세계 최고의 디자이너로 만들겠다는 그 꿈은 내 꿈이라기보다도 남편의 간절한 소망이었다. 남편은 작년에 토니번 회사로부터 CEO 자리에 복직해 달라는 요청을 받고도 거절했다. 나를 밀라노대학에 보내는 일이 그에게 있어 가장 급선무였기 때문이다.

2주 뒤면 난 밀라노대학에 가서 최종면접시험을 봐야 했다. 그 면접시험이 거진 다 붙어놓은 입학시험을 불합격으로 뒤집거나 할 그런 것은 아니었지만 적어도 미응시일 경우에는 입학이 취소될 것이었다. 사실 아기를 어디다 맡기고 죽기 살기로 한 사흘 이탈리아 갔다 오는 게 불가능하진 않을 것이다. 그러나 문제는 그것이 아니었다.

이탈리아, 그곳에 가면 모든 것을 남편이 다 해줄 거로 생각했다. 사실 난 유학과 관련해서 아무 생각도 계획도 없었다. 아니, 지난 2년간 난 그렇게 살아왔다. 아무 생각 없이 그저 남편이 하라는 대로만 했다. 남편이 하라는 대로만 하면 성적도 잘 나오고 장학생도 되고 명문대학원에도 붙고 그러하였단 말이다. 난 솔직히 밀라노대학교가 어디 있는지도 모른다. 그렇게 유력한 스폰서였던 남편을 잃고, 핏덩이인 아기를 데리고 나 혼자 무슨 유럽 유학이란 말인가?

눈을 질끈 감았다. 눈물이 났는데 지난 며칠간 흘린 눈물과는 다른 눈물이었다. 어제는 슬퍼서 아파서 울었다. 그러나 지금은 화가 나서 울고 있다. 남편 없이 아무것도 못 하는 나 자신의 무능함이 원망스러워 울었다. 그리고 내 남편의 목숨을 앗아간 박석대라는 놈이 미워서 울었다. 그가 날린 교통사고라는 한 방의 파도가 지난 수년간 나와 남편이 정성껏 쌓아 올린 꿈을, 희망을 모래성 무너뜨리듯 일순간에 사그라뜨려 버린 것이다.

"민아 씨 정말 고마워요. 내 학업 문제는 내가 알아서 할게요. 나머지 내가 사인한 것들만 부탁할게요. 진짜 너무너무 고마워요."

이렇게 말했는데도 강민아 씨는 울먹이면서 도와주지 못해 미안하다고 한다. 언니! 이제 제발 회사로 좀 돌아가라! 잉잉!

그날 밤 어머니와 아기가 잠든 사이 난 잠시 입원실을 나와 복도에서 밀라노대학 교학과에 전화를 걸었다. 이탈리아와 시차를 계산해 보니 딱 전화를 받을 만한 시간이었다. 어설프게 둘러대지 않았다. 남편이 어제 죽었고 졸지에 애도 낳아서 학업을 포기하겠다고 했다.

베네치아 펜트하우스에서 사는 세입자에게도 전화를 걸었다. 세를 깎아 줄 테니 더 살 수 있겠냐고 제안했다. 사정이 생겨서 이탈리아에 갈 수 없고 당분간 한국에서 더 살아야 할 것 같다고 말했다. 다행스럽게도 세입자는 흔쾌히 내 제안을 받아들였다.

마지막으로 빈소를 지키고 있는 아빠한테도 전화를 걸었다. 아빠한테도 부탁할 일이 있었다.

"아빠, 나 다음 달부터 아빠 집에서 살면 안 돼? 다음 달에 이사할 거 생각하고 집 내놨거든. 나랑 아기가 갈 곳이 없어."

내가 아빠한테 이렇게 말하니까 아빠가….

"Good! Good! Good!"

이렇게 답해주셨다. 아빠 솔직히 말해봐! 그거 말고 영어 단어 아는 거 없는 거지? 그리고 왜 나한테까지 영어를 쓰는 거지?

19
이별 그리고 또 이별

엄마가 병원으로 오지 못한 이유는 작년에 돌아가셨기 때문이었다. 아빠는 마침내 나에게 이런 이야기를 해주었다. 이미 워낙 큰일을 겪어본 탓인가? 엄마가 죽었다는 이야기를 들었는데 눈물도 안 났다.

아빠는 지난 몇 년간 엄청 힘들게 사셨다. 사실 행색이 초라할 때부터 짐작하고 있었다. 내가 사람들 옷차림 파악하는 데에서는 최고잖아? 대통령이 바뀌고 난 후부터 대한민국 초일류 기업이었던 국제상사는 급격하게 쇠락하기 시작했다. 내가 워낙 뉴스 같은 거를 안 보고 살아서 몰랐는데 나랑 결혼할 뻔한 국제상사의 재벌 3세였던 이상신 씨는 작년에 구속되어서 아직도 감옥에 있다고 한다.

"그 사람이 뭘 잘못했는데?"

내가 아빠한테 물었다.

"원래 재벌이란 게 다 그런 거다. 먼젓번 정권의 덕을 봤으니 이제는 혼날 차례인 셈이지 뭐…."

아빠는 대충 이렇게 답해주었다.

아빠 회사는 국제상사의 협력사 중 하나였는데 고객사가 그렇게 흔들리는데 아빠 회사라고 멀쩡할 리가 없었다. 결국, 아빠는 재작년에 회사를 모두 청산하셨다. 아빠는 그래도 부도 안 내고 회사 잘 정리한 것만 해도 천만다행이라 했다.

다만, 형편은 예전만 못했다. 전에 우리 가족이 살던 저택은 진작에 팔았고 아빠는 요새 자가용도 없어서 지하철을 타고 다니신다. 예전에는 운전기사가 둘이나 있었는데….

우리 엄마는 예전에 사모님 소리 듣고 다니던 시절에도 명품 가방 한 번 들어본 적이 없으신 분이었다. 중요한 모임 때 어쩌다 들고 가시는 가방들은 죄다 짝퉁들이었고 장을 볼 때는 10원 100원 아끼려고 온 시장을 둘러보는 사람이었다. 그러던 엄마는 예전부터 가슴에 통증이 있어서 항시 심전도 검사를 자주 하셨는데 가세가 기울고 나니까 그 검사비가 아까워서 재작년부터 더는 검진을 받지 않으셨다고 했다.

그것이 화근이었다. 작년 가을 어느 새벽 엄마는 주무시다가 돌아가셨다. 사인은 심근경색이었다. 남편이 처음 아빠를 찾아간 것은 그쯤이라고 하셨다. 그러고 보니 기억이 난다. 그 무렵 남편이 유독 우리 부모님을 찾아가자고 졸랐었는데 아마도 엄마의 비보를 전하고 싶었나 보다.

아빠는 회사를 청산하고 남은 전 재산을 쏟아서 최근에 그 비싸다는 서초구에 아주 작은 아파트 하나를 사셨다. 거기는 대중교통이 편리해서 자가용이 없어도 어디 다니기가 편하고 근처에 병원도 많아서 노년을 보내기 좋다고 생각하셨기 때문이다. 불행히도 엄마는 그 병원 혜택도 못 보고 돌아가셨지만….

바로 그 아파트에서 나랑 아기랑 아빠 그리고 시어머니까지 들어와 살게 되었다. 집은 정말 작았다. 어머니는 이탈리아에서 올 때 아무것도 챙기지 못하고 오셨다. 다행히 나랑 체구가 비슷해서 그냥 내 옷을 입고 생활하신다. 그리고 한국 예절도 좀 가르쳐드렸다. 요새는 집 안에서 아빠랑 마주치면 끌어안는 대신 고개를 숙여 인사를 하신다. 그런데도 아빠는 부끄러워한다.

남편의 빈소는 4일 만에 모두 정리했다. 그러나 발인은 곧바로 하지 못했다. 아직 강민아 씨가 재판을 마무리 짓지 못했기 때문이다. 내 남편의 시신은 가장 중요한 '증거물' 중 하나이니까….

재판은 2주나 계속되었다. 나는 재판장에는 차마 가지 못했다. 가면 남편의 죽음을 곱씹어야 하는데 견딜 수 없을 것 같았다. 결과부터 말하면 가해자 박석대는 3년 형을 받았다. 판결이 날 때 강민아 씨는 형량이 작다며 재판장에서 난동을 부렸다가 법정 모독죄로 고발당하기도 했다.

사건 당일, 박석대는 신년회 술자리에서 술을 잔뜩 먹고는 대리운전비를 아끼려고 운전을 직접 했다. 그 상태로 천호대로를 시속 100km로 달렸는데 문제는 자신이 역주행하고 있었던 것을 몰랐던 것이다. 박석대는 마주 오던 남편의 차를 정면으로 들이받았다. 큰 승합차를 타고 있었던 박석대는 별로 다치지 않았다. 그는 찌그러진 차 문을 스스로 열고 나와서 남편의 차로 다가갔다.

사건 발생 후, 그는 119에 신고해 구급차를 불렀다. 그리고 찌그러진 차에서 남편을 구출하지는 못했지만 화재를 막고자 자기 차에 비치되어 있던 소화기를 꺼내어 남편의 자동차 엔진룸에 쏘아댔다. 그는 출동한 구급대원과 경찰에게 모든 정황을 꾸밈없이 설명했고 자진하여 경찰에 의해 연행되었다. 그때부터 지금까지 그는 일절 범행을 부인하지 않았고 변호사도 스스로 선임하지 않아서 국선 변호사가 그를 변호했다.

이러한 그의 행동들이 정상참작이 많이 되었던 것 같다. 그래서 형량도 많이 감형되어 3년 형이 선고된 듯하다. 판결 후, 박석대는 항소하지 않았다. 강민아 씨는 사람 죽여놓고 착하게 굴고 있는 그 모습이 더 얄미워서 죽여버리고 싶다고 했다. 그러나 난 강민아 씨에게 이제 그만하자 했다. 무엇보다 내가 더는 못 견디겠더라!

그 와중에도 시간은 흘러 남편이 죽었을 때는 몹시 추웠는데 어느덧 봄이 다가오고 있었다. 마침내 오늘은 남편의 발인일이다. 사건 발생 22일 만에 난 처음으로 영안실에 들어가 바위처럼 얼어붙은 남편을 만날 수가 있었다. 그동안 마음 준비를 많이 해둔 탓일까? 참혹하기 그지없는 남편의 시신을 바라보고 있는데도 생각만큼 떨리지는 않았다. 오히려 나를 부축해 주겠다며 같이 들어온 강민아 씨가 오열했다. 아! 진짜 언니 그럴 거면 나가라고! 잉잉!

어머니는 입관은 보시지 못하겠다고 하셨다. 내 생각에도 안 보시는 게 좋을 것 같았다. 농담 아니고 잘못하다 어머니도 돌아가실 것 같았다. 입관을 마치고 마지막 고별실에서 아니나 다를까 어머니의 참혹한 오열과 통곡을 난 차마 똑바로 바라볼 수가 없었다. 아씨! 나도 울어야 하는데 어머니를 진정시키느라 제대로 울지도 못했단 말이다!

장지는 울 엄마가 잠들어 계신 용인의 납골당으로 정했다. 원래 이탈리아로 보낼까도 생각했는데 어머니께서 아들이 그의 아내와 딸이 있는 한국에 있는 것이 좋겠다고 하셔서 엄마 곁에 묻기로 한 것이다. 납골당에 도착했을 때 이번에는 내가 오열했다. 남편 때문이 아니라 엄마 때문에…. 엄마의 비석을 보자마자 그동안 참았던 울분이 끓어올랐다. 엄마 장례식도 치르지 못한 내가 무슨 딸년이란 말인가?

"대체 왜 나에게 아무것도 말해주지 않은 거야!"

난 이렇게 아빠한테 고래고래 소리를 질렀다. 이번에는 어머니가 나를 진정시키느라 정신이 없었다. 그리고 아빠라고 안 슬픈 것도 아닌데 내가 왜 그런 말을 아빠에게 했을까? 아빠도 땅을 치며 통곡을 했다.

"평생 고생만 시키고…. 소처럼 일만 하다 갔구나…."

이렇게 울먹이면서 말이다. 한참을 울고 난 후 우리 부녀는 각자 우황청심환을 하나씩 까먹고는 겨우 진정했다. 그냥 좋게 생각하기로 했다. 남들 두 번 치르는 거 난 그냥 세게 한 방에 끝냈다고 말이다.

발인을 마친 그날에 어머니는 바로 고국으로 돌아가셨다. 공항에서 어머니를 배웅하는데….

"arrivederci.(또 보자꾸나.)"

어머니는 출국장을 나가는 내내 이 말을 반복하셨다. 단순히 작별인사를 하신 것일까? 아니면 진짜로 또 보자고 하신 걸까? 나는 알 수 없었다.

20
아름다운 남자

나는 요새 주로 '준희 엄마'로 불린다. 민주라는 이름은 언제 들어봤는지 잘 기억도 안 난다. 우리 아빠는 예전에 어디 작명소에 가서 외손녀를 위해 거금 30만 원을 주고 '노준희'라는 이름을 지어 오셨다.

엄마의 삶이란 참으로 고단한 것이다. 먹여야지, 씻겨야지, 재워야지 또 가끔 해이해진 엄마를 정신교육 해주려고 '아파주기'까지 하니 참으로 자식이 가져다주는 은혜가 갸륵하기 짝이 없다. 지난달 준희가 두 돌이 되었다. 애가 어려서 누워있을 때는 그래도 가만히 있기라도 했지 요새는 쫓아다니면서 치워야 한다. 도대체 이 쪼끄마한 녀석이 어디서 힘이 샘솟는지 집을 어지를 때면 무슨 초인 같다.

게다가 난 남편이 없지 않으냔 말이다! 남편 없이 애를 혼자서 키우는데 이따금 외할아버지한테 애를 보라고 좀 하면 우리 아빠는 그야말로 애를 뚫어져라 쳐다보고만 있다.

"아, 애가 쏟았으면 좀 닦아! 가만히 보고만 있지 말고!"

내가 꼭 이렇게 사납게 소리를 지르면 그때야 좀 움직이신다. 그래서 정말로 사이가 가까운 그러니까, 내가 사별한 것까지 알 정도로 친한 엄마들한테 내가 이런 사정을 이야기했더니….

"남편들도 똑같아요!"

이러는 거다. 에혀, 돌아가신 내 남편도 살아계셨으면 그랬을까?

그래도 우리 아빠는 정말 대단하신 분이다. 한때는 우리 아빠가 얼마나 잘 나갔던 사람인데? 매출 수천 억대 회사의 CEO였잖아! 그때만큼은 못 되어도 최근에 아빠는 조그마한 창고사업을 시작하셨다. 사업이라 하기 좀 민망할 만큼 작은 일이었지만 영업 이익이 족히 매월 100만 원은 넘는 듯했다. 그리고 올해부터 준희를 어린이집에 맡기고 나도 소소한 일을 하기 시작했다. 뭐 있잖아! 내가 잘하는 그거! 패밀리 레스토랑 웨이트리스….

아빠가 버는 거랑 내가 버는 거, 공릉동 아파트 월세 받는 거, 남편 사후에 받는 생명 보험금, 그리고 이탈리아에서 시어머니가 송금해 주시는 펜트하우스 월세까지 합하면 월수입이 500만 원이 넘는다. 펜트하우스 세는 그냥 어머니 가지시라고 그렇게 마르고 닳도록 이야기했는데도 꼭 보내주시니! 잉잉! 덕분에 변변찮은 직장도 없고 하다못해 돈 벌어다 주는 남편도 없는 나는 물가 살벌하기로 소문난 동네에서 꽤 여유 있게 살고 있다.

최근에 차도 정말 좋은 거 하나 샀다. 볼보인지 뭐시기 하는 외제차를 샀는데 겁나 비싼 이 차를, 교통사고에 대한 큰 포비아가 있는 나는, 오로지 튼튼하다는 말만 듣고 구매했다.

이처럼 나는 그럭저럭 사는데 강민아 씨는….

요새 토니번 회사가 사정이 정말 좋지가 않다. 일전에 집에만 있으니까 답답해서 토니번 회사가 어떤지 구경도 할 겸 회사 주주총회에 참석해본 적이 있었다. 남편이 물려준 지분 덕분에 나는 토니번의 주주이니까…. 거의 10년 만에 그곳을 찾아갔는데 회사 꼴이 말도 아니었다. 매 분기 적자가 장난이 아니었고 얼마나 자금이 달리는지 심지어 본사 건물 30층 중 20개 층은 모조리 다 세를 주고 단 10개 층만 직원들이 쓰고 있었다.

사정이 이렇다 보니 토니번의 상무이사 강민아 씨는 일요일 미사 드리는 시간을 빼고는 일주일 내내 회사에 있다. 사무실 옆에 아예 잠자는 방도 만들었더라. 난 요새 강민아 씨가 챙겨주지 않아도 일요일이면 꼭 성당을 가는데 그때 아니면 강민아 씨 얼굴을 볼 수가 없어서 가는 거다.

그러고 보니 우리나라에도 최근에 참으로 많은 일이 있었다. 작년 이맘때쯤 우리나라 최초로 대통령님이 탄핵당하지 않았던가? 그리고 지난주부터는 우리나라에서 동계올림픽이 시작되었다. 작년 여름에 스키점프대 타워에 올라간 적이 있었다. 준희가 무서워하지 않을까 걱정했는데 애는 오히려 천 길 낭떠러지가 발밑으로 훤히 보이는 브리지에서 마구 뛰어놀면서 난리가 났고 엄마랑 외할아버지만 무서워서 벌벌 떨다 내려온 적이 있었다.

좌우지간에 이놈의 동계올림픽 때문에 내 피해가 이만저만이 아니다. 아르바이트생들이 허구한 날 홀에 켜둔 텔레비전 앞에 옹기종기 모여 올림픽 본다고 일을 안 하니까 손님들이 맨날 나만 부르잖아! 잉잉!

그러던 어느 날이었다. 나는 그날도 올림픽과는 무관하게 나의 할 일, 즉 주문을 받고 있었다. 그러다가 우연히 텔레비전 보면서 떠드는 아르바이트생들의 이야기를 엿듣게 되었다.

"야, 저 남자 좀 봐. 너무 예쁘게 생기지 않았니?"

"야! 저 남자 나이가 서른다섯 살이래!"

"에? 저 남자 이름이 뭐래?"

"뭐라고 했더라? 이균?"

헉! 금방 뭐라고? 누구라고? 난 손님의 주문을 받아 적고 있던 수첩을 내팽개치고 달려가 텔레비전 앞에 있던 애들을 밀쳐내 버렸다. 정말 미안해! 소리가 잘 들리지 않았다. 나는 나의 큰 키와 긴 팔을 이용해 텔레비전 뒤를 더듬거려 볼륨을 키웠다. 그러자 그 광경을 보고 있던 매니저님이 소리치시길….

"이봐요! 지금 거기 뭐 하는 거예요? 일 안 해요?"

이러길래….

"아! 조용히 좀 해봐요!"

이렇게 소리를 내질렀다. 내가 무서웠는지 매니저님이 더는 아무 소리 않고 내가 던지고 간 주문서를 집어 들고 나를 대신해 손님들의 주문을 받아주셨다. 정말 미안해! 난 화면을 뚫어져라 쳐다봤다. 예쁘장하게 생긴 어떤 남자가 하얀색 셔츠의 정장을 입고 얼음판 위를 이리저리 돌아다니며 뭔가를 준비하고 있는데 설마 너희들 지금 저 사람을 보고 '이균'이라고 한 거니? 도저히 내 기억 속에 있던 이균이란 사람과는 매칭이 되질 않았다.

그러나 잠시 후 자막에서 태극기와 함께 선수 이름이 나오는데 '이균(35세)' 이라고 적혀있더란 말이다. 나는 아나운서의 목소리에 귀를 기울였다.

"(아나운서) 피겨스케이트 남자부 쇼트 경기가 펼쳐지고 있습니다. 다음 선수는 한국 선수입니다. 이균 선수입니다. 이 선수는 지난 98년 나가노 올림픽 국가대표 선수였는데 무려 16년 만에 다시 올림픽에 출전한 선수입니다. 해설가님도 이균 선수에 대해 알고 계시는지요?"

"(해설가) 글쎄요… 이균 선수는 저보다 훨씬 선배이셔서…. 사실 제 선생님뻘이라 대화조차 별로 나눠본 적이 없네요."

"(아나운서) 아, 그렇군요! 이균 선수가 올해 나이가 서른다섯이라는데 외모만 봐서는 스물다섯 살이라 해도 믿을 것 같습니다."

"(해설가) 네, 정말 동안이시네요. 관리 잘하셨나봐요."

"(아나운서) 이제 워밍업이 다 끝난 것 같습니다. BGM은 'Winter story', 영화 'Love letter'의 주제곡으로 잘 알려진 곡입니다. 이균 선수는 이 작품을 먼저 세상을 떠난 아내에게 바친다고 했다는데요. 아름다운 피아노 선율과 함께 그의 작품을 감상해 보겠습니다."

아나운서가 말을 잠시 멈췄다. 곧이어 텔레비전 속의 그 남자는 잔잔한 피아노곡과 어우러져 얼음판 위를 미끄러지듯이 움직이기 시작했다. 아무리 얼음판이라지만 어떻게 인간의 몸이 저렇게 움직일 수가 있는 것일까? 계속되는 음악에 맞춰 그 선수는 환상적인 연기를 계속 이어갔다. 피겨스케이트에 대해 아무것도 모르는 내가 봐도 분명 완벽한 연기였다.

"(아나운서) 이제 클라이맥스입니다. 정열적인 활주! 엄청난 속도네요! 감속 없이 과감한 악셀!"

"(해설가) 마지막 점프는 클라이맥스를 위해 아껴둔 것 같습니다."

그의 연기는 약 5분 정도 계속되었다. 마침내 그가 준비한 것을 모두 마쳤을 때 아르바이트생들은 손뼉을 치며 다들 자기 위치로 돌아갔다. 왜냐하면, 매니저님이 또 신경질 냈거든…. 그러나 나는 계속해서 텔레비전을 봤다. 매니저님은 그런 나를 못 본 척 지나갔다. 내가 무섭나?

화면 속의 그 선수는 퇴장 후 벤치에 앉더니 큰 수건으로 얼굴을 덮고는 온몸을 떨었다. 소리는 들리지 않았지만 난 그가 오열하고 있다는 것을 대번에 알 수 있었다. 어떻게 알았냐고? 그것은 나처럼 엄청나게 울어본 경험이 있는 사람이라면 쉽게 알 수 있는 것이다.

"(아나운서) 아직도 전광판에 점수가 나오지 않고 있습니다. 채점관들 사이에 무슨 문제라도 있는 걸까요?"

원래 점수가 얼마나 빨리 나오는 건지 난 몰랐지만 하여튼 그 덕에 그 선수가 좀 더 오래 방송에 나올 수 있었다. 그 사람 엄청나게 울었다. 방송으로 봐도 눈물이 땅바닥에 뚝뚝 떨어지는 것이 보였다. 잠시 후, 점수가 발표되었는데 그가 1등이었다. 그제야 진정이 되었는지 그 남자는 눈물을 멈췄다. 그는 수건으로 얼른 얼굴을 닦고 관중들을 향해 인사했다. 눈이 퉁퉁 붓고 나서야 그 앳된 얼굴 속에서 익숙한 모습이 드러났다.

그제야 난 확신할 수 있었다. 그는 내가 알던 그 이균이 맞았다. 6년 전 성동병원에서 내가 '돼지 삼겹살'이라고 놀렸던 바로 그 남자 말이다.

21
떡대

또다시 꽃 피는 봄이 왔다. 그러나 외출은커녕 겨울철보다도 문을 더 꼭 꼭 걸어 잠그고 살아야 한다. 이놈의 미세먼지 때문에 말이다. 그래도 주말인데 어디든 가야 하잖아? 애를 데리고 온종일 집에 있는 것도 곤욕이니까! 그래 제일 만만한 게 '뽀로로파크'다! 오늘도 간다! 뽀로로파크!

"아빠! 짐 챙겨! 우리 뽀로로파크 간다!"

"왜 만날 거기만 가는 거냐? 그냥 오늘은 집에서 쉬자꾸나."

나는 이러한 아빠의 의견을 철저히 무시하고 가족들을 이끌고 집을 나섰다. 일찍 나선다고 나섰는데도 차가 더럽게 막혔다. 하긴 사람들 생각이 다 비슷하겠지…. 날씨 안 좋으니까 전부 서울 바깥으로는 안 나간 것 같다. 여하튼 이래저래 고생해서 기어이 뽀로로파크가 있는 백화점에 도착했다. 주차장도 너무 붐벼서 아빠에게 주차를 맡기고 나는 아기를 데리고 먼저 내렸다.

백화점에 들어서자 가장 먼저 눈에 보인 것은 다름 아닌 이균 씨 사진이 엄청나게 크게 실린 광고판이었다. 이균 씨가 아마도 여기 백화점 전속 모델이 된 모양이다.

"이야! 이 사람! 잘나가네!"

난 나도 모르게 탄성을 질렀다. 백화점 안에 온통 이균 씨가 찍은 광고투성이였다.

지난달 동계올림픽 때, 이균 씨는 동메달을 목에 걸었다. 초반에는 1등 했던 거 같은데 늙어서 그런지 그 뒤에는 되게 못하더라…. 아무튼 가까스로 그는 동메달은 건져냈다. 그래도 그것만으로도 이균 씨는 유명인사가 되었다. 텔레비전에도 가끔 나오고….

이균 씨 얼굴이 몇 개나 벽에 걸려있나 헤아리면서 걷다 보니까 어느덧 뽀로로파크에 도착했다. 뽀로로파크 옆에는 아이스링크도 있어서 입구에서 얼음판 전체가 한눈에 들어왔다. 올림픽 탓인지 참 많은 학생이 수업을 받고 있었다.

피겨스케이트 선생님 중에 남자 선생님이 하나 있어서 눈에 띄었는데 하다못해 그 선생님까지도 생김새가 이균 씨를 엄청나게 닮았었다. 히히!

아니, 그런데 잠깐! 저 사람은…? 이균 씨를 닮은 사람이 아니라 이균 씨잖아! 허! 허! 아마도 이균 씨는 백화점 모델뿐만 아니라 이곳에서 강사로도 활동하고 있는 모양이다.

준희가 보채기 시작했다. 당연하지! 좋아하는 뽀로로파크를 눈앞에 두고 엄마가 안 들어가니까 심통이 나겠지! 난 준희를 한번 아이스링크 담벼락 위에 올려줘 봤다. 오 이 녀석 봐라? 언니들이 스케이트 타는 것이 꽤 재밌나 보다! 언니들처럼 자기도 몸을 움직이면서 재미있게 구경하기 시작했다.

나는 뽀로로파크 입구에서 한참 동안 이균 씨를 바라보았다. 이균 씨는 아주 열심히 아이들을 지도하고 있었다. 그래 저 표정이 기억난다. 6년 전에 나에게 공부를 가르쳐줄 때도 딱 저런 표정이었다.

그때였다. 마침 수업이 끝났는지 이균 씨가 아이들을 내보내고 자기도 퇴장하려 하는데 공교롭게도 직원 전용 출구가 뽀로로파크 쪽에 있어서 우리가 있는 쪽으로 다가오고 있었다. 우씨! 어떻게 해야 하지? 도망갈까? 아니 내가 뭐 죄지었어? 인사할까? 인사하면 나를 알아볼까? 그런데 이런 고민이 무색하게 이균 씨가 먼저 나에게 말을 걸어왔다.

"아니? 저기…. 혹시 민주 씨?"

그래! 나다! 서민주! 네가 나를 기억해 주는구나! 아씨 막 눈물이 날 것 같아….

"네, 이균 씨! 어떻게 지냈어요? 나 기억나요?"

진짜 자연스럽게 인사했어! 훌륭해!

"어휴 물론이죠! 이게 진짜 얼마 만입니까?"

이렇게 이균 씨가 큰 소리로 내게 인사를 하자 지나가던 사람들이 막 웅성거렸다. 어떤 사람은 핸드폰을 꺼내서 막 촬영도 했다.

"사람들이 다 쳐다보는데 괜찮아요? 이러다 이균 씨 내일 스캔들이라도 나는 거 아니에요?"

내가 이렇게 말하자 이균 씨가 껄껄껄 웃었다.

"벼랑 끝까지 갔다 온 내가 그깟 스캔들이 두렵겠어요? 애는 혹시 민주 씨 딸?"

이균 씨가 준희를 가리키며 물었다. 난 그렇다고 답했다. 이름도 말해줬다. '준희'라고…. 혹시라도 왜 아기 눈이 파란색이냐? 아빠가 외국인이냐고 묻지 않을까 걱정했는데 다행히 묻지 않았다.

"저 지금 쉬는 시간인데 혹시 차라도 한잔 마실 수 있어요?"

이균 씨가 물었다. 아, 그래 차 마시자고? 난 좋은데 준희가 가만히 있으려나? 그런데 마침 그때 아빠가 헐레벌떡 뛰어오셨다.

"아직 안 들어갔니? 아이고, 차 세우느라 혼났다! 평행주차하고 열쇠 맡기고 왔다!"

난 일단 갑자기 등장한 아빠와 이균 씨를 서로 소개해 주었다. 아빠는 이균 씨더러 텔레비전에서 많이 봤다는 등 실물이 더 낫다는 등 마구마구 뻥을 쳤다. 아빠는 집에서 맨날 '바둑채널'밖에 안 보는데 이균 씨를 언제 봤다는 거지?

"아빠 준희 데리고 뽀로로파크에 좀 들어가 있어! 나 이균 씨랑 이야기 좀 하다 들어갈게!"

내가 이렇게 말하자 아빠가 화들짝 놀라셨다.

"뭐라고? 나 혼자? 준희 데리고? 힘들 것 같은데?"

하지만 난 아빠의 의견을 철저히 무시하고 준희랑 아빠를 뽀로로파크에 집어넣어 버렸다. 그리고 나서 이균 씨랑 가까운 커피숍에서 커피를 마셨는데 이렇게 누구랑 단둘이 커피를 마신 것이 몇 년 만인지 모르겠다.

진짜 서로 할 이야기가 너무 많았다. 우선 이균 씨 이야기를 들어보니까 지난 4년간 운동 말고는 정말 아무것도 못 했다고 한다. 어떤 날은 하루에 줄넘기를 2천 번씩 했다고 한다. 지난 2월 올림픽 때는 점프 높게 뛰려고 체중을 49kg까지 뺐다는 이야기도 했다. 나랑 지낼 때는 70kg도 넘었었는데…. 그런데 그것 때문인지 요새 몸이 여기저기가 고장 나서 힘들다고 했다.

"양쪽 무릎이 완전히 박살 났어요. 무릎에 연골이 거의 남아있지 않다고 의사가 그러더라고요. 다음 달에 인공연골 이식 수술해야 해요. 80대 노인들이나 하는 수술 있잖아요? 하하!"

이균 씨가 이렇게 이야기하는데 뭔가 분위기가 예전이랑 많이 달라진 듯했다. 옛날에는 그의 얼굴에 울분이 가득했는데 지금의 표정은 뭐랄까 평온하다고나 할까? 아니면 좀 더럽게 표현하면 '응아'하고 난 직후의 개운한 표정 같았다.

"민주 씨 분위기가 예전이랑 많이 달라지셨네요."

갑자기 이균 씨가 이런 말을 했다. 뭐야? 왜 네가 그런 말을 하는데? 인마! 분위기가 달라 보이는 거는 너란 말이다!

"예? 제가요? 뭐가 달라 보이지?"

아씨, 이렇게 대답하면 안 되는데! 뭔가 저 사람한테 말리는 거 같잖아.

"옛날에는 민주 씨가 천진난만함이 가득한 사람이었는데 그런 느낌이 싹 다 사라진 것 같아요."

그래…. 그렇구나! 하긴 그렇겠지! 그럼 내 이야기 한번 들어볼래?

나는 이균 씨한테 대학교에 가서 로봇남 교수를 만나고 그와 결혼해서 살다가 불의의 사고로 인해 사별하고 아빠와 함께 준희를 키우며 사는 이야기를 낱낱이 이야기해 주었다. 이야기를 듣고 나서 이균 씨는 아무 말도 하지 못했다. 엄청나게 놀랐나 보다.

"미안해요. 놀랐죠? 에혀! 제 인생이 좀 기구하네요."

내가 이렇게 말했더니 이균 씨가 자세를 고쳐 잡고 헛기침을 한 번 하더니….

"아니요. 놀랐다기보다는… 지금 민주 씨 그 기분이 어떨지 너무 잘 알아요. 나도 똑같은 일을 겪었잖아요. 어떤 말로도 위로가 안 될 겁니다. 그런 거는 결국 스스로 극복해야 하더라고요."

이균 씨는 여기까지만 이야기하고 더는 말을 잇지 못했다. 자기도 슬펐던 과거의 일을 돌이키는 것은 싫었던 모양이다. 그때였다. 아빠한테서 전화가 왔다. 나는 잠시 이균 씨한테 양해를 구하고 전화를 받았다.

"민주야! 나 지금 너무 힘들구나! 집에 가자! 더는 못 견디겠다! 빨리 여기로 좀 와봐라!"

아빠가 말했다.

"아빠 준희 데리고 집에 먼저 가있어. 난 이균 씨랑 이야기 좀 더 하다가 지하철 타고 집에 갈게."

내가 말했다.

"안 된다. 민주야! 나 혼자서 준희 볼 수 없다! 같이 가자!"

난 그런 아빠의 절규를 철저히 무시하고 전화를 그냥 끊어버렸다. 아, 몰라! 아빠가 어떻게든 하시겠지! 여하튼 난 그렇게 아빠와 준희를 억지로 집에 보내고 남아서 이균 씨랑 이야기를 좀 더 했다. 어디서 살고 있는지 뭐 해 먹고사는지…. 조금은 덜 심각한 소소한 이야기들 말이다. 그러다 문득 자식 이야기가 나왔는데 말도 꺼내기 전부터 이균 씨가 한숨부터 쉬는 것이었다.

"우리 주미는 이제 열 살인데 벌써 삐뚤어지는 거 같아서 걱정이네요. 공부도 안 하고 껄렁한 애들이랑 다니는 거 같기도 하고…. 없는 형편에 가르쳐줄 수 있는 것은 내가 하는 피겨스케이트밖에는 없어서 억지로 한번 가르쳐보고 있는데 잘 따라 하지도 않고….”

이균 씨한테는 좀 미안한 말이지만 갑자기 그의 이야기를 더 듣고 싶지 않게 되었다. 말하는 동안 맑았던 그의 얼굴에 자꾸만 예전의 수심이 다시 차오르는 것이 보기 싫었기 때문이다. 난 적당한 핑계를 대고 이균 씨의 말을 잘랐다.

“이균 씨, 미안한데 시간이 많이 지나서 이제는 진짜 가봐야겠어요! 아빠가 혼자서 애를 보고 계시거든요. 덕분에 진짜 오래간만에 재미있었어요.”

나는 이렇게 말하고 자리에서 일어났다. 이균 씨도 일어났다.

“민주 씨 자주 연락해요! 아, 참! 말하는 거 까먹고 있었는데 우리 7층 병동 친구들…. 저는 아직 연락해요. 민주 씨만 연락이 끊겼더랬어요.”

오! 진짜? 박일환 아저씨랑 이유정 언니 말이지? 나는 이균 씨 연락처와 함께 나머지 두 사람의 연락처도 전달받고는 커피숍을 나왔다.

집에 가려고 잠실역을 향하던 길이었다. 초등학생쯤 되어 보이는 어떤 여자애가 나를 졸졸 따라왔다. 착각인가 싶었는데 아니었다. 분명 나를 따라오고 있었다. 근래에 혼자서 외출하는 경우가 거의 없다 보니까 지하철표도 없어서 표를 사려고 판매기 앞에 다가갔는데 등 뒤에서 살벌한 기운이 느껴졌다. 돌아보니 어라? 이 녀석! 이제는 아예 대놓고 나를 째려보고 있네?

“얘 너 무슨 일 있니? 나한테 무슨 할 말 있어?”

내가 물었다.

"아줌마 누구예요? 누군데 우리 아빠랑 만나요?"

아이가 되물었다.

"아빠? 너희 아빠가 누군데?"

내가 다시 물었다.

"금방까지 같이 있었잖아요! 우리 아빠랑! 올림픽 동메달리스트 이균 말이에요!"

난 그 순간 너무 놀라서 기절할 뻔했다. 그 여자애는 바로 이균 씨의 딸 주미였다.

"세상에! 니가 주미니? 아니 어쩜 이렇게 컸니? 소녀가 다 되었네!"

나는 마치 잃어버린 내 딸을 다시 찾기라도 한 듯 주미를 얼싸안기도 하고 쓰다듬기도 했다. 얘 진짜 예쁘게 컸다! 주미 엄마가 되게 미인이었나 봐! 어라? 근데 주미, 너 왜 울먹거리니?

"아줌마 잘못했어요! 집에 보내주세요!"

이상하네…. 요새 왜 사람들이 나만 보면 무서워하는 거지? 주미는 겁에 질려 아까의 당당한 모습은 온데간데없고 겁에 질려 사시나무 떨듯이 떨었다.

"얘, 아줌마 나쁜 사람 아니야! 근데 너 밥은 먹었니? 아줌마가 맛있는 거 사줄까?"

아씨, 이렇게 이야기하니까 진짜 나쁜 사람 같잖아! 이거는 완전 유괴범 멘트잖아!

여하튼 나는 겨우 주미를 달래는 데 성공했다. 뭐 먹고 싶냐는 질문에 주미는 도넛이 제일 먹고 싶다고 했다. 그래서 거기로 데리고 갔다. 가서는 나도 커피 한 잔 더 먹을 수 있고….

"아빠가 도넛 절대 못 먹게 해요. 피겨스케이트 선수는 살찌면 안 된다고…."

웃긴다! 자기는 고도비만이었으면서 딸보고는 살찐다고 도넛을 못 먹게 했어?

"야! 너네 아빠는 그런 말 할 자격이 없어! 너네 아빠 엄청 뚱뚱했던 거 알지? 너네 아빠랑 병원에 같이 있었을 때, 아줌마가 너네 아빠를 뭐라고 불렀는지 알아?"

내가 물었다.

"뭐라고 불렀는데요?"

주미가 되물었다.

"돼지 삼겹살!"

"푸하하하!"

에혀! 애들은 가랑잎 굴러가는 것만 봐도 웃는다는 말이 딱 맞는구나! 아무리 그래도 야! 넌 내가 너희 아빠 놀리고 있는데 그렇게 해맑게 웃으면 어떻게 하니?

"그런데 아줌마는 그 병원에 왜 입원했어요? 어디가 아파서 갔어요? 무슨 병 있었어요? 우리 아빠는 그때 알코올 중독이었대요."

주미가 갑자기 이렇게 되묻는데, 순간 나는 말문이 막혔다.

"음…. 그러니까 말이야. 아줌마는…. 쇼핑중독이라는 병에 걸렸었어."

최선의 대답이었다.

"에? 쇼핑중독? 그런 병도 있어요? 쇼핑도 병이에요?"

아 놔! 그 병원에 가게 된 이야기를 초등학교 2학년한테 어떻게 설명을 해야 하나? 그런데 주미가 화제를 바꾼다. 초등학생이라 집중력이 약한가 봐! 다행이다!

"아빠는요. 제 인생에 방해물이에요. 맨날 잔소리만 하고, 전 진짜 피겨 스케이트 하기 싫거든요. 근데 맨날 억지로 시키는 거 있죠."

주미가 짜증을 늘어놓았다.

"야, 하기 싫으면 하지 마! 아줌마는 젊었을 때 아줌마 아빠가 억지로 나보고 결혼하라고 했었어! 난 진짜 하기 싫었는데…."

내가 이 이야기는 왜 꺼냈을까?

"그래서 어떻게 했는데요?"

주미가 되물었다.

"결혼식 도중에 도망쳐 나왔어! 웨딩드레스 입고서는…."

내가 이렇게 대답했더니 주미가 웃기 시작했다. 아니 비웃기 시작했다.

"아 진짜…. 아줌마 뻥 좀 적당히 치세요. 세상에 그런 여자가 어디 있어요?"

그래, 나도 지금 내가 한 말이 거짓말이었으면 좋겠다. 그리고 나 지금 이 이야기 한 거 엄청나게 후회하고 있어. 안 되겠다. 빨리 딴 이야기로 돌려야겠다.

"그러는 넌 뭐가 하고 싶은데?"

내가 했지만, 참 좋은 질문이었다.

"가수요! 걸그룹 있잖아요! '레드벨벳', '블랙핑크' 같은? 제가 '블랙핑크' 언니들보다 더 예쁘죠? 그렇죠?"

얼핏 들어본 거 같긴 한데 레드 뭐랑 핑크가 블랙이라고? 아무튼 걔들이 전부 가수란 거지? 이 아줌마는 아기 키우는 엄마라 '시크릿 쥬쥬'밖에 몰라! 에라! 아는 척이라도 하자!

"야 비교도 하지 마! 니가 걔들보다 훨씬 예뻐!"

내가 이렇게 이야기하니까…. 어머나 세상에! 얘 웃는 것 좀 봐라! 내가 블랙핑크가 얼마나 예쁜지는 모르지만 이 순간 세상에 너보다 더 예쁜 애는 없을 것 같다! 그런데 그것도 잠깐이었다.

"지난번에 슈스케에 원서 넣었다가 아빠한테 뒤지게 혼났어요. 가수는 절대 안 된대요. 흑흑!"

슈스케? 슈스케는 또 뭐지? 헉! 이 녀석 갑자기 엎드리더니 운다. 조울증인가? 아니지, 열 살짜리 여자애가 뭐 그렇지.

"주미야? 울지 마! 너 앞으로 너네 아빠가 괴롭히면 아줌마한테 다 일러! 아줌마가 너네 아빠보다 싸움 더 잘해. 아줌마가 혼내줄게."

내가 말했다.

"진짜요?"

주미가 눈물을 훔치며 대답했다.

"그래! 아마 아줌마가 너네 아빠보다 키도 더 클걸?"

내가 말했다.

"푸하하하!"

아! 얘랑 이야기하는 거 진짜 힘들다. 이래서 부모는 사춘기 자녀를 겪어 본 부모와 그렇지 않은 부모로 나누어진다고 하는가 보다.

"너 핸드폰 있어?"

내가 물었다.

"공신폰 있어요."

공신폰은 또 뭐야? '공짜로 산 폰'이란 건가?

"야! 아줌마 전화번호 불러줄게…. 아줌마 전화번호가 010-344…."

주미가 내 번호를 '공신폰'에 찍는다.

"아줌마 이름은 '서민주'야! 저장해 두고 아빠가 괴롭히면 전화해. 알았어?"

이렇게 말했는데, 이 자식! 내 이름을 가르쳐줬는데도 왜 내 번호의 이름을 '떡대'라고 저장하는 건데?

"저장했어요! 금방 통화 눌렀어요! 신호 가요?"

그래 울린다. 이 번호인가?

나는 나를 '떡대'라고 저장한 주미에게 복수하기 위해 '진상'이라고 저장을 할까 하다가 '주미 예쁜이'로 고쳐서 저장해 뒀다.

"이제 집에 가자. 많이 늦었네. 아빠가 저녁 먹었냐고 물어보면 도넛 먹었다고 하지 말고 민주 아줌마가 설렁탕 사줬다고 해. 아줌마도 아빠한테 그렇게 이야기할게."

주미는 고개를 크게 끄덕였다.

"있잖아요! 나 아줌마 완전 좋아졌어요!"

그래, 고맙다. 그런데 솔직히 아줌마는 너 좀 힘들다. 마지막으로 집까지 어떻게 가냐고 물어봤다. 집이 잠실역 건너편 아파트라서 걸어간다고 했다.

나는 주미랑 헤어지고 지하철을 탔다. 오늘 참 신나는 하루였다. 준희 낳고 처음이었던 것 같다. 애랑 떨어져서 혼자 자유롭게 커피 마시고 돌아다닌 것이….

집에 도착하니 집은 아수라장이었다. 전쟁이 나도 이것보다 더 어질러질 수는 없을 것 같았다. 아빠가 현관으로 헐레벌떡 뛰어나오셨다.

"아이고, 왜 이렇게 늦게 오는 거냐? 나 혼자 애 보느라 죽는 줄 알았다. 다시는 나랑 준희만 두고 어디 가지 말아라! 부탁이다!"

'둘이 둬도 죽지는 않겠구나! 앞으로 자주 준희를 아빠한테 맡겨야겠어!'

나는 애절한 아빠의 부탁을 철저히 무시하고 속으로 이렇게 생각했다. 아빠 정말 미안해!

22
잠실대첩

지금 막 밤 10시가 넘었다. 나는 강남고속버스터미널 호남선 대합실 일대를 샅샅이 뒤졌다. 분명히 호두과자 가게가 보인다고 했는데…. 아 찾았다! 다행히 어렵지 않게 찾았어! 뭘 찾았냐고? 주미 말이야. 이균 씨 딸 주미….

"주미야!"

나는 소리를 냅다 질렀다.

"아줌마!"

주미도 날 알아봤다. 울면서 뛰어온다. 뛰는 폼을 보니 어디 다치거나 한 거 같지는 않았다.

"진작에 전화했어야지! 지금 시간이 몇 시인데! 그러다가 나쁜 사람들한테 잡혀가면 어쩌려고!"

나는 주미를 붙들고 소리를 버럭 질렀다.

"잉잉! 아까 전화하려고 했는데요. 핸드폰 배터리가 없어서…. 어쩌다 한 번 켜졌는데 아줌마 전화번호를 어떻게 저장했는지 도저히 기억이 안 나서 못 걸었어요!"

"그러니까 나를 '떡대'라고 저장하면 어떻게 하니? 이름도 가르쳐줬잖아! '서민주'라고!"

너무 흥분한 나머지 심하게 다그친 것 같다. 조금 진정한 후 나는 주미를 이리저리 살펴보았다. 특별히 이상한 데는 없었다. 인신매매범한테라도 잡혀갔는가 싶어 얼마나 놀랐는지….

오늘 오후 2시쯤 이균 씨한테서 전화가 왔다. 난데없이 혹시 주미가 거기에 갔냐는 거다. 오늘 좀 심하게 야단을 쳤는데 핸드폰만 들고는 주미가 집을 나가버렸단다. 몇 시간이 지났는데 가지고 간 핸드폰은 꺼져있고 행방이 묘연하다 했다. 그리고 또 말하길 주미가 최근에 여러 번 내 이야기를 했다고 한다. '반포에 사는 마음 좋고 덩치 큰 아줌마'라면서…. 그래서 그는 혹시나 주미가 나를 찾아가지 않았을까 해서 연락을 한 것이다. 그런데 일리가 없는 말은 아니었다. 난 최근에 문자로 우리 집 주소를 주미한테 알려준 적이 있다. 우리 집에 놀러 가고 싶다면서 알려달라고 조르길래…. 그러나 이 동네에는 아파트가 수백 채가 넘게 있다. 초등학교 2학년짜리가 혼자서 우리 집을 초행으로 찾아온다는 것은 결코 쉬운 일이 아니다.

주미는 지하철을 탈 줄 안다고 했다. 만일 우리 집 주소를 보고 잠실동서 여기로 온다면 고속터미널역에서 내릴 확률이 높았다. 그래서 나는 준희를 아빠에게 맡겨두고 고속버스터미널부터 근처 지하상가까지의 일대를 샅샅이 찾아다녔다. 와중에 경찰에도 신고했다.

당시 주미의 핸드폰 배터리는 1%였다. 너무 화가 나서 집을 나올 때 핸드폰 배터리가 거의 없는 것도 확인 안 하고 무작정 뛰쳐나온 모양이다. 주미는 나를 주소록에 '떡대'라고 저장했었다. 그런데 원래 사람이 다급하면 멍청해지잖아? 그 저장한 이름이 기억이 안 나서 기억이 날 때까지 기다리고 또 기다린 것이다. 핸드폰은 배터리를 아끼기 위해 꺼두고…. 이 녀석 나름 자기 신변을 보호한다고 아무한테도 말 걸지 않았다고 한다. 오로지 '떡대'라는 이름이 기억나기만을 기다리며 대합실 의자에 앉아있었던 것이다.

그래서 마침내 나한테 전화를 한 것이 아홉 시 반쯤이었는데 애가 말하길 자기 눈앞에 호두과자 파는 가게가 있다고 했다. 그 말을 끝으로 주미의 전화기는 꺼져버렸다. 이 동네에 그런 가게는 흔치 않아서 주미가 말한 곳이 어딘지 알 것 같았다.

정말 미친 듯이 뛰었다. 다행히 내가 짐작한 곳에 정확하게 주미가 있었다. 이 녀석 내가 나타나기 전까지 태연한 척하고 있다가 내 얼굴을 확인하자마자 울음을 터뜨리며 나에게 달려들었던 것이다.

주미를 집에 데리고 와서 일단 씻기고 내 옷을 입혔다. 뭘 입혀도 잠옷 같았다. 난 '떡대'이니까….

당연히 주미는 그날 점심, 저녁 다 굶었다. 얼른 밥을 해서 먹이기 시작했다. 이균 씨한테는 애는 무사하니까 내가 다시 연락하기 전까지는 연락하지 말라고 문자를 보냈다.

'왜 집을 나왔냐?'는 등 '아빠가 어떻게 했냐?'는 등 나는 아이에게 일체 아무것도 묻지 않았다. 나는 딱 하나만 충고했다.

"무슨 일 있으면 앞으로도 무조건 아줌마한테 전화해! 알았어?"

주미는 밥을 입에 가득 물고는 고개를 끄덕였다.

밥을 다 먹고 난 후, 주미는 준희를 데리고 놀기 시작했다. 준희도 주미를 좋아했다. 둘이서 침대에서 노는데 별것도 아닌 거 가지고도 어찌나 잘 노는지…. 이래서 형제가 있어야 하는가 보다.

"아줌마, 준희는 왜 눈이 파래요?"

잘 놀던 주미가 나에게 물었다.

"왜? 이상해?"

무심코 나는 아이에게 되물었다.

"아니요. 예뻐서요! 나도 눈이 파란색이면 좋겠다."

진담인지…. 주미가 다시 대답했다.

"준희 아빠가 이탈리아 사람이라서 그래."

나는 적당히 답하고 남편에 대한 이야기를 마무리하려 했다.

"준희 아빠는 어디 있어요?"

아이의 호기심은 좀 더 길어졌다.

"준희 아빠는 준희가 아기일 때 하늘나라로 가셨어."

주미는 준희 아빠가 하늘나라로 갔다는 나의 이야기를 듣더니 잠시 조용해졌다. 주미는 세 살 때 엄마를 잃었다. 이미 자기가 경험을 해봤기 때문일까? 어린 나이에도 불구하고 준희 아빠가 하늘나라로 갔다는 이야기를 주미는 아주 정확히 이해한 듯했다.

"만약에 나도 아빠가 없었다면 아빠가 보고 싶었을까요? 엄마는 없으니까 엄청나게 보고 싶거든요. 엄마 얼굴도 기억 안 나지만…."

주미가 하는 그 말을 듣자니 눈물이 핑 돌아 도저히 대화를 더 할 수가 없었다.

"늦었다. 어서 자자."

애써 목이 메는 것을 참으며 나는 아이들에게 말했다.

"어? 저 오늘 여기서 자는 거예요?"

예상치 못했다는 듯 주미가 되물었다.

"그래 자고 가. 앞으로도 자주 와서 자고 가도 돼."

나는 이렇게 대답하면서 애들을 눕히고 불을 껐다. 고맙게도 둘 다 1초 만에 잠들었다. 나는 조용히 거실로 나가서 이균 씨에게 전화했다. 나는 그에게 지금까지의 자초지종을 이야기해 주었다.

"민주 씨, 정말 너무 죄송해요. 지금 데리러 갈게요. 거기가 어디라고 하셨죠?"

이균 씨가 말했다.

"됐어요. 우리 집에서 재우고 내일 제가 집으로 데려다줄게요."

내가 말했다.

"아이고 아니에요! 그런 폐가…. 게다가 내일 월요일이라 이 녀석 학교도 가야 하는데…."

이러면서 이균 씨는 전화기에다 대고 근래 주미가 자기를 속 썩인 이야기들을 줄줄 늘어놓았다. 듣자 하니 지금 뭐 나한테 자기 애를 고자질하는 건지 아니면 무슨 변명을 하는 건지? 나는 이균 씨의 찌질한 이야기를 더는 듣기 싫어졌다.

"이균 씨! 여자가 화가 났을 때는 남자가 무조건 잘못했다고 하는 거예요! 딸내미든, 마누라든, 엄마든 하다못해 장모님이라 할지라도!"

내가 냅다 소리를 지르니 이균 씨는 더 대꾸하지 못했다. 피곤하기도 하고 좀 짜증이 나기도 해서 그냥 전화 끊자고 했다. 그리고 다음 날 나는 주미를 이균 씨 집에다 데려다주었다.

그날 이후, 나는 주미가 보내는 메시지 융단 폭격에 시달리게 되었다. 자기 반에 잘생긴 남자애가 전학을 왔다든지, 아빠가 또 잔소리했다는 등의 문자가 하루에도 수십 통씩 도착했다. 나는 거기에 일일이 대꾸를 해줘야 했다. 그러다 보니 이거 뭐 문자가 아니라 거의 채팅 수준이었다. 내가 주미한테 카톡은 안 하냐고 물어봤다. 그랬더니, 공신폰은 인터넷이 되지 않는단다.

그러던 어느 날이었다. 그날도 미세먼지가 심해서 뽀로로파크를 갔다. 준희를 뽀로로파크에서 원 없이 놀게 한 후 집으로 돌아가려는데 지하주차장 한쪽 으슥한 곳에서 교복을 입은 여자애들이 우르르 몰려있는 것이 보였다. 뭔가 낌새가 안 좋아서 유심히 살펴보았다. 중학생 여자애들이 어떤 꼬마애를 둘러쌌는데 딱 봐도 괴롭히는 중이었다. 그런데 맙소사! 그 괴롭힘을 당하는 꼬마애는 다름 아닌 주미가 아닌가?

"아빠 준희 데리고 집에 좀 먼저 가있어. 난 좀 있다가 지하철 타고 갈게."

내가 아빠에게 말했다.

"넌 꼭 뽀로로파크만 오면 나한테 애 맡기고 도망가더라! 안 된다. 민주야! 나 혼자 준희 보면 너무 힘들다! 같이 가자!"

나는 이러한 아빠의 부탁을 철저히 무시하고 아빠와 준희를 억지로 집에 보냈다.

그리고 난 후, 난 인기척을 죽이고 주차장에 서있는 차들에 번갈아 몸을 숨기면서 그 아이들에게 최대한 가까이 다가갔다. 마침내 난 아이들이 하는 이야기를 엿들을 수가 있었다.

"야, 이주미! 내가 너 찾으러 여기까지 와야겠냐? 너 요새 부르면 재깍재깍 안 나타나더라? 너 미쳤냐?"

교복 입은 애들 중에서 가장 키가 큰 여자애가 말했다.

"아니 그게…. 난 빨리 가려고 했는데 아빠가 자꾸 스케이트 타고 가라고 해서…."

이렇게 주미가 말하니까 여자애들이 마구 비웃는다.

"헐! 그래? 그러니까 니네 아빠가 나보다 더 무섭다 이거지?"

키 큰 아이가 계속 말했다.

"아니 아빠가 무서운 거는 아닌데 자꾸 잔소리해서…."

주미가 잔뜩 겁먹은 목소리로 대꾸했다.

"이게 듣자 듣자 하니까? 어디서 계속 말대꾸야! 엄마도 없는 게!"

이 말 한마디와 함께 키 큰 아이는 주미에게 따귀를 한 대 날렸다.

그 장면을 본 나는 찰나의 시간 동안 앞으로 나에게 일어날 엄청나게 긴 세월의 삶에 대해 고민을 하게 되었다. 내 딸도 크면 저런 꼴을 당할까? 다른 아이들한테 아빠 없다고 놀림을 받을까? 맞고 다닐까? 게다가 우리 애는 혼혈아인데…. 강민아 씨도 어렸을 때 너무 힘들었다고 했잖아? 한국 사람들이 독일 나치 같다고 한 적도 있지. 내 딸의 인생과 나의 인생 그리고 조국의 안녕과 세계의 평화를 위해 저런 아이들은 혼이 나야 해! 고심 끝에 드디어 전쟁의 명분이 생겼다.

'발포하라!'

나는 내 스스로에게 이렇게 명령했다.

"야아아아!"

나는 먹이를 발견한 호랑이처럼 주미를 괴롭히는 아이들을 덮쳤다. 어흥! 나의 포효가 지하주차장에 메아리쳤다. 왜 조물주는 인간의 손을 두 개만 만들어주셨을까? 분명 다섯 놈이었는데 두 놈밖에 못 잡았다. 나머지 애들이 혼비백산 도망갔다. 나는 오른손으로 주미를 때린 아이의 멱살을 잡았다. 잡히자마자 그냥 있는 힘껏 흔들어댔다. 교복 단추 뜯어지는 소리가 들렸다. 그리고 아이는 비명을 질러댔다.

"니가 감히 뭔데 내 딸을 때려? 너 죽고 싶어? 앙!"

나는 녀석의 고막이 찢어져라, 안면에다 큰 소리를 내질렀다.

"아줌마 뭐예요? 주미 엄마는 죽었단 말이에요!"

키 큰 애가 말했다.

"내가 지금 이렇게 눈 시퍼렇게 뜨고 있는 게 안 보이냐? 새엄마는 엄마 아니야?"

내가 이렇게 고함을 치자 주미가 얼른 내 등 뒤로 숨었다. 등 뒤에서 녀석이 물에 젖은 병아리처럼 바들바들 떨었다.

"너네 집 어디야? 너네 엄마 어딨어? 너네 엄마 보는 앞에서 너도 두들겨 맞아봐라!"

계속되는 나의 포격에 못 이겨 그 아이는 끝내 손을 비벼대며 빌기 시작했다.

"아줌마 잘못했어요! 용서해 주세요."

"누가 너더러 용서 빌래? 너네 집 어디냐고 물었잖아!"

일단 나는 붙잡은 두 녀석을 추궁해 주소를 알아내고 그들의 집으로 쳐들어갔다. 두 녀석 다 가까운 곳에 살고 있었다. 이후 난 녀석들의 엄마들과 차례로 맞짱을 떴다. 적들은 너무 약했고 난 너무 강했다. 전부 한 방에 해치워 버렸다. 어느 엄마는 맞고 기절했다.

이어서 내가 잡지 못해 도망간 세 아이의 이름과 주소도 알아냈다. 저녁이 될 무렵 나머지 세 녀석의 엄마들하고도 맞짱을 떴다. 다른 엄마들도 허약하긴 마찬가지였다. 대부분 한 방거리도 못 되었다.

그러나, 제법 힘들었던 엄마가 하나 있었다. 이 여자가 먼저 내 머리를 잡는 거다. 정말 아팠다. 내 머리를 잡고 흔드는 것이 많이 싸워본 솜씨였다. 그래서 난 그 엄마의 목을 졸랐다. 내 팔이 그 여자보다 훨씬 길었다. 목을 조른 채 손을 그대로 뻗어내어 그 여자의 손을 내 머리에서 떼어낼 수 있었다.

그러자, 그 광경을 목격하고 있던 아파트 경비아저씨 하나가 내게로 달려와 하는 말이….

"이보세요! 사람을 해치지 마세요! 사람 해치면 벌 받아요!"

그 말을 들으니 갑자기 좀 겁이 났다. 이러다가 진짜 이 여자 죽나 싶어서 얼른 손을 놓았다. 그 엄마는 땅바닥에 철퍼덕 쓰러져서는 숨을 몰아쉬며 콜록거렸다. 갑자기 좀 미안해졌다. 나는 은근슬쩍 자리를 피하려고 뒤돌아섰다. 그런데 그때….

"콜록콜록! 너 이×…. 주미 엄마라고 했지? 고발할 거야. 너 살인미수죄로 고발할 거라고!"

그 엄마가 그 말만 안 했어도 난 정말 돌아가려 했다. 그런데 그 말을 들으니까 미안했던 감정이 싹 사라지고 또 한 번 분노가 폭발했다.

"뭐? 고발? 고발해봐! 억울하지나 않게 널 죽여주마!"

원래 디자인과에서 프로토타입 만들 때 마감일 닥치면 자주 쓰던 기술이 하나 있는데 원단 안 상하게 옷을 잽싸게 뜯는 기술이다. 봉제를 잘못했거나 마음에 안 들어 옷을 고칠 때 바느질 뜯으려면 시간이 걸리니 실밥 방향을 잘 맞춰서 한 방에 힘을 줘 옷을 단번에 분리하곤 했었다.

나는 그 엄마한테 달려가 그 엄마의 블라우스를 정확하게 여섯 피스의 원단으로 분해해 버렸다. 그런데 그 여자도 진짜 독종이었다. 끝까지 개기더란 말이다.

"이 미친×! 넌 살인자에다 강간범이야! 너 감옥 갈 준비해!"

아, 글쎄 나한테 이러더란 말이다. 그래서 난 손을 그 여자 머리 위로 펼쳐 보이면서 이렇게 소리를 질렀다.

"아예 부라자까지 뜯어줄까? 앙!"

"까아아악! 잘못했어요! 잘못했어요!"

그제야 그 여자는 용서를 빌기 시작했다. 잘못했다고 다신 안 그러겠다고….

모든 전투를 마치고 주미도 집에 데려다줄 겸 난 이균 씨 집을 찾아갔다. 이균 씨 표정이 좋지 않다. 벌써 대충 상황을 들은 듯했다. 주미의 외할머니도 계셨다. 외할머니께서는 일단 손님으로 온 나를 위해 다과를 내주셨다.

"민주 씨, 동네 사람들을 우루루 패고 다녔다면서요?"

이균 씨가 먼저 말을 꺼냈다.

"난 이균 씨가 더 한심해요! 딸내미가 맞고 다니는데 지금껏 뭐 했어요?"

내가 대꾸했다.

"아니 그렇다고 폭력을 폭력으로 해결하면 어떻게 합니까? 이제 우리는 이 동네에서 창피해서 어떻게 살아요?"

이균 씨가 이렇게 말하니까 옆에서 가만히 듣고 계시던 주미의 외할머니가 갑자기 버럭 소리를 지르셨다.

"자네 조용히 하게! 원수를 대신 갚아줬으면 감사하다고 무릎 꿇고 빌어야지! 웬 성화인가?"

장모님의 꾸지람에 이균 씨가 고개를 숙였다. 사실 나까지 겁먹어서 조금 움찔했어….

"민주 씨 너무나 감사합니다. 우리 손녀를 구해주셔서 감사합니다."

주미 외할머니는 정중히 고개를 숙이며 내게 인사하셨다. 이균 씨도 별수 없이 장모님을 따라 내게 고개를 숙였다.

"아, 아니에요! 실은 저도 이균 씨한테 은혜 입은 거 많아요. 이균 씨 없었으면 전 대학도 못 갔을 거예요! 히히!"

그날, 나는 한사코 거절했는데 주미 외할머니가 저녁을 먹고 가라고 하셨다. 그래서 주미랑 이균 씨, 주미의 외할머니 그리고 나 이렇게 넷이서 같이 밥을 먹는데 주미 외할머니가 나에게 생선도 발라주시고 국에 고기도 더 넣어주시고 했다. 갑자기 돌아가신 엄마가 생각났다.

"아줌마, 이거 잠깐 보실래요?"

밥 먹다 말고 주미가 내 옆구리를 콕콕 찌르더니 자기 핸드폰을 보여줬다. 주소록을 보여줬는데 내 전화번호의 이름이 바뀌어있었다. '떡대'에서 '새엄마'로…. 난 대답 대신 주미에게 엄지척을 한번 날려줬다. 주미가 웃는다. 애 웃으면 진짜 너무 예쁘다. 너 몇 년만 지나면 여러 남자애 울릴 것 같아!

시간이 꽤 지나서야 집으로 돌아왔다. 현관문을 열었더니 아니나 다를까? 집은 난장판이었다. 무슨 융단 폭격 맞은 집 같았다. 아빠가 뛰쳐나오셨다.

"아이고, 왜 이렇게 늦게 오냐? 나 혼자 준희 보느라 죽는 줄 알았다. 다시는 나한테 준희를 혼자 보게 하지…."

아빠가 말을 하다 말고 갑자기 나를 빤히 쳐다보신다. 그리고 갑자기 표정이 무섭게 변하셨다. 난 아빠가 저런 표정 지으면 왠지 꼼짝을 못 하겠더라고….

"너 얼굴이 왜 이러냐?"

아빠가 말했다. 난 현관에 있는 거울을 쳐다봤다. 뭐 별거 없는데 왜 그러시지?

"이거 뭐냐? 이거 손톱자국이잖아? 너 맞았니? 누가 이랬니?"

그 말을 듣고 거울을 자세히 보니 오른쪽 뺨에 살짝 손톱에 긁힌 자국이 있었다. 어라? 만져보니 제법 따끔거렸다.

"아니 맞기는 무슨…. 내가 더 때려주고 왔어. 괜찮아!"

나는 대충 이렇게 말하고 들어가려고 했다.

"어떤 놈이 감히 내 딸을 때려! 여자였어? 남자였어? 내 어떤 놈인지 잡히기만 해봐라! 모가지를 그냥! 아빠한테 말해봐. 얼른!"

에혀! 부모는 늙으셔도 부모인가 보다. 그나저나 지금 시간도 늦었는데 오늘 있었던 일을 어떻게 다 아빠한테 말하나?

23
혼인신고서

집으로 고발장이 날아왔다. 나한테 맞은 엄마들이 단체로 나를 고소한 것이다. 아빠는 날아온 고발장을 유심히 읽어보셨다. 나는 마치 학창 시절 성적표 검사받던 때처럼 고발장을 읽으시는 아빠 옆에 앉아있었다.

"너한테 맞은 여자들이 대부분 전치 4주 이상의 진단을 받았다고 하는구나! 게다가 어떤 여자는 널 살인미수로 고발하기까지 했어. 이 내용대로라면 넌 구속감이다."

고발장을 다 읽고 나서 아빠가 이렇게 말씀하셨다. 뭐, 솔직히 나도 각오는 하고 있었다. 에혀! 이놈의 기구한 인생! 청상과부 신세에 이제는 감옥생활까지 하려나 보다.

"그렇지만 세상일이라는 게 법이 다는 아니란다. 나는 내 딸을 믿는다. 그래서 한번 물어보마! 넌 니가 한 행동이 옳았다고 생각하니?"

아빠가 이렇게 물으시는데 글쎄? 사람을 때린 게 어떻게 옳은 일이겠어?

하지만 왜 그 법이란 것은 나한테 맞은 그 엄마들은 지켜주면서 주미는 지켜주지 못했던 거지? 법이 지켜주지 않은 주미를 내가 지켜준 거야! 그게 그렇게 잘못된 걸까?

"옳은 일은 아닌 거 같은데 그렇다고 잘못한 일도 아닌 거 같아. 그리고 만약 과거로 다시 돌아간다고 하더라도 내 행동은 똑같았을 거야."

아빠가 이런 내 말을 듣더니 그윽한 미소를 보이셨다.

"그래 알았다! 이 일은 내가 해결하마! 넌 아무 걱정 하지 말아라."

아빠가 이렇게 말해주니 난 약간 안심이 되었다.

바로 그날 저녁에 어떤 양복 입은 아저씨가 우리 집을 찾아왔다. 그는 아빠를 보더니 100번도 더 인사를 했다. 무슨 깊은 사연이 있는 것 같았는데 아빠한테 물어봐도 '넌 알 것 없다!'며 자세히 설명해 주시진 않았다.

"아이고 민주 씨! 30년 전에 보고는 처음이네요. 그때는 요만했는데…. 전 정찬일이라고 합니다. 변호사입니다."

변호사라고? 양복 입은 아저씨가 말했다.

정찬일 변호사님과 아빠는 잠시 소파에 앉아서 담소를 나눴다. 오가는 대화만 듣고 미루어 짐작해 보면 저 아저씨는 예전에 우리 아빠한테 아주 큰 은혜를 입었던 모양이다.

아빠와의 담소를 어느 정도 마무리하고 변호사님은 본격적으로 나에게 그날 있었던 일을 묻기 시작했다. 변호사님은 수첩에 내가 하는 이야기를 빠짐없이 적으셨다.

"괜찮겠나? 그쪽에서 많이 다쳤나 본데…. 전치 4주라고…. 살인미수까지 들먹이던데?"

아빠가 물었다.

"그런 것은 별문제가 안 될 것 같습니다. 그쪽에서 4주라고 하면 우리는 8주라고 하면 되고요. 그깟 진단서는 어차피 의사가 만들기 나름입니다. 그리고 살인미수죄 같은 거는 원래 이렇게 함부로 남발하는 게 아닙니다. 우리가 무고를 증명하면 그쪽이 도리어 무고죄를 뒤집어쓰게 될 것입니다."

우와, 이 사람 짱이다! 아빠도 변호사님의 이야기를 들으니까 좀 안심이 되는지 표정이 좀 밝아지셨다.

"그런데 한 가지 문제가 있습니다."

변호사 아저씨가 희희낙락하던 우리 부녀의 분위기에 이렇게 찬물을 끼얹으셨다.

"지금 민주 씨가 그 이균 씨란 분과 혼인관계인 것은 아닌 거죠? 민주 씨가 고발자들한테 '내가 주미의 엄마다!'라고 주장하셨다고 했는데 이것은 명백한 사칭입니다."

헉! 예상치 못한 문제가 발생했다. 내가 주미 엄마라고 한 게 그렇게 잘 못이었다니….

"그 이균 씨란 분과 어떤 관계이신가요? 혹시 양해를 구하고 위장 결혼이라도 할 수 있을까요?"

이균 씨하고 결혼해야 한다고? 이균 씨가 엄청나게 싫어할 것 같은데….

"이보게, 만약에 우리 민주가 그 사람이랑 그냥 계속 남남이면 어떤 문제가 있는가?"

이상하다. 오늘 아빠 되게 똑똑하게 구신다. 왜 이러시지?

"그러면 좀 힘들어집니다. 주미란 아이가 당했던 피해를 민주 씨와 연결할 방법이 달리 없으니까요. 그렇게 되면 이 고발장의 내용은 일단 전부 사실이 됩니다. 민주 씨가 가해자가 되는 거죠. 멀쩡한 집에 쳐들어가서 사람을 때린 꼴이니…."

변호사님의 설명을 들으니 이제 좀 이해가 가기 시작했다.

"그러면 제가 만약 이균 씨랑 결혼하면 전 감옥에 안 가도 되나요?"

내가 중간에 껴들어 이렇게 물었다. 변호사 아저씨가 껄껄껄 웃으셨다.

"네, 뭐 그러면 별문제 없을 것 같습니다. 주미란 아이가 먼저 맞았지요?

일종의 쌍방과실 같은 겁니다. 그것도 그쪽이 먼저 저지른…."

변호사님의 이러한 설명에도 아빠는 뭔가 께름칙하다는 듯 좀처럼 인상을 펴지 못했다.

"아직 잘 이해가 안 가는 게…. 사건 이후에 혼인하는 게 사건에 영향을 줄 수 있겠는가? 어쨌거나 민주가 사람을 쳤던 그 순간만큼은 민주가 그 아이 엄마가 아니었지 않은가?"

아빠 왜 이래? 아빠 안 같아! 원래대로 돌아와! 무식한 모습으로! 나 지금 적응이 안 돼!

"혼인 날짜 자체는 그리 중요하지 않습니다. 사실혼이란 것도 있지 않습니까? 중요한 것은 이균 씨란 분의 사실 증명입니다. '이 사람은 내 아내가 맞고 내 딸의 계모다'라는 증명 말입니다. 민주 씨가 그 아이랑 메시지를 많이 주고받으셨다고 했는데 그 글들을 조금만 정리하면 지금껏 아이의 엄마이자 보호자 노릇을 해왔다고 증명하는 데 무리가 없을 것 같습니다."

변호사님이 긴 이야기를 마침내 마치셨다. 난 내가 할 일이 무엇인지 확실히 알게 되었다. 그래서 늦은 저녁이었지만 실례를 무릅쓰고 나는 곧바로 이균 씨를 찾아갔다. 간다는 전화도 안 했다. 그냥 문자만 날렸다. 지금 집으로 찾아갈 테니 꼼짝하지 말고 있으라고….

"민주 씨, 이런 늦은 시간에 어쩐 일이에요? 일단 들어오세요."

도착하니까 이균 씨가 나를 반갑게 맞이해 주었다. 주미의 외할머니도 같이 계셨다. 난 들어가 거실 소파에 앉았다. 주미 외할머니는 언제나처럼 다과를 내어오셨다. 나는 주신 차를 냉큼 마셨다. 열라 뜨거웠어!

"이균 씨 여기다 도장 좀 찍어주세요."

나는 곧바로 이균 씨를 찾아온 용무를 말하였다.

"이, 이게 뭔가요?"

이균 씨가 되물었다.

"혼인신고서요."

혼인신고서라는 말을 듣더니 이균 씨는 입이 떡 벌어져서는 아예 말을 잇지 못했다. 그저 넋 나간 표정으로 나를 뚫어져라 쳐다보았다.

"아이, 좀 해줘요! 내가 주미 엄마라고 뻥쳤는데 가짜라는 거 들통나면 나 감옥 간대요. 나한테 맞은 엄마들이 나를 고발했거든요. 주미 도와주려다 그런 거니까 좀 해줘요. 제발요!"

이균 씨는 여전히 넋이 나간 표정으로 아무 말도 하지 못했다. 그런데 갑자기….

"당장 찍지 않고 뭐 하나? 자네!"

주미 외할머니가 소리를 버럭 지르셨다. 주미 외할머니 은근히 무섭다. 이균 씨는 주위를 두리번거렸다.

"도, 도장이 어디 있더라? 내가 여기 어딘가에 둔 거 같은데…."

이균 씨가 도장을 찾기 시작했다.

"지장 찍어도 돼요. 여기 주민등록번호랑 한자 이름 좀 적어줘요. 인주는 내가 가지고 왔어요."

이균 씨는 벌벌 떨리는 손으로 내가 부탁하는 것을 적기 시작했다. 주미 외할머니가 옆에서 계속 이균 씨를 꾸짖으셨다. 글씨 똑바로 쓰라고….

다음 날 혼인신고서를 동사무소에 갔다 냈더니 내 가족관계증명서가 새로 만들어졌다. 준희도 로렌 '노'씨에서 전주 '이'씨로 성이 바뀌게 되었다.

변호사님이 다시 우리 집을 방문하셨을 때 난 가족관계증명서를 드렸다. 변호사님은 가족관계증명서를 살펴보시더니 고개를 끄덕이셨다.

"어떻게 할까요? 그냥 없던 일로 하고 쉬쉬 넘어갈까요? 아니면, 이 사람들 이번 기회에 한번 단단히 버릇을 고쳐놓을까요?"

헐! 난 지금 감옥만 안 가도 감지덕지라고! 그런데 그렇게 강약 조절도 가능한 거야? 여하튼 변호사님이 물었으니까 나는 답하기를….

"그냥 '적당히' 혼내주세요. 히히!"

이렇게 적당히 말했다.

"하하! 거참! '적당히'란 것이 정말 어려운 말인데…. 알겠습니다. 제가 적당히 혼을 내주고 오겠습니다. 염려 놓으시고 기다려보십시오."

변호사님은 그렇게 말씀하시고 돌아가셨다.

며칠 뒤 재판이 열렸다. 내가 주미 엄마가 되면서 난 가해자임과 동시에 피해자가 되었다. 나에 대한 폭력혐의보다도 주미에 대한 피해 조사가 먼저 진행되었는데 민사사건으로 시작한 이 사건은 형사사건으로 확대되었다.

엄마들과의 판결에 앞서서 주미를 괴롭혔던 다섯 명의 아이들이 먼저 사기 및 상습적 폭행죄로 기소되었다. 그 아이들은 순진한 주미를 가수로 데뷔시켜 주겠다고 공갈을 쳐서 돈을 갈취했다. 초등학생 애한테 지금까지 뜯어간 금액이 100만 원이 넘었다. 게다가 연습이라는 명목하에 때리기도 무지하게 많이 때린 모양이다. 동네에서 걔들한테 그렇게 당한 아이들이 주미 말고도 여럿 있었다. 주로 어린 초등학생들이 범행 대상이었다.

안타까웠지만 주미를 때렸던 아이는 결국 실형에 처해졌다. 그 애 엄마가 울면서 사정했지만, 판사는 참고하지 않았다. 아이는 소년원에 가게 되었다. 그 외 아이들은 사회봉사 명령 및 집행유예로 풀려나긴 했지만, 모조리 다 학교에서 퇴학당할 처지에 놓이게 되었다.

엄마들과의 2차 판결이 이어졌다. 나를 살인미수로 고발한 엄마는 변호사님이 예상한 대로 도리어 무고죄를 뒤집어썼다. 내가 목을 조른 것은 정당방위로 판정되었기 때문이다. 게다가 그 엄마는 내 머리를 잡고 목을 부러뜨리려 했다는 특수폭행죄가 가중되어 6주간 구치소 신세까지 지게 되었다.

그리고 다른 엄마들의 경우에는 내가 때릴 때 그들이 가만히 처맞고만 있었느냐 하면 그렇지는 않았다. 사실 나도 좀 맞았다. 안 아파서 그렇지…. 이러한 것들을 잘 이용해 변호사 아저씨가 재치 있게 재판을 쌍방과실로 끝내셨다.

재판을 마치고 변호사님이 우리 집에 다시 오셨다. 잘하지도 못하는 요리지만 나는 정성껏 저녁을 차려 변호사님을 대접했다. 아빠는 연신 변호사님을 칭찬하면서 술을 따라 드렸다.

"민주야, 이분이 헌법재판소장까지 한 분이다. 예전에 내 밑에서 일하기에는 너무 아까운 사람이길래 퇴직금 두둑이 챙겨서 일부러 내쫓았더니 사법고시에 합격하고 나중에 판사가 되어있지 뭐냐."

술이 좀 들어가니까 아빠가 변호사님과 있었던 사연들을 슬슬 털어놓기 시작했다.

저녁을 다 먹고 나서 변호사님이 돌아가실 때, 아빠랑 변호사님 사이에 돈 봉투를 하나 두고는 '가져가라!', '집어넣으시라!'라는 실랑이가 한바탕 벌어졌다.

"아이고 제가 사장님한테 어떻게 돈을 받습니까? 베풀어주신 은혜도 다 못 갚았는데…."

변호사님이 이렇게 소리치니까….

"허! 이 사람! 얼마 안 넣었다니까! 이거 안 가져가면 난 다시 자네 안 볼 거야!"

아빠가 이렇게 화답하는데, 내 참 이걸 아름다운 장면이라고 해야 하나 유치하다고 해야 하나? 여하튼 변호사님은 마지못해 봉투를 받고 돌아가셨다. 앞으로 어려운 일이 있으면 언제라도 연락하라고 하시면서….

그런데 변호사님 볼 일은 앞으로 다시는 없어야 할 텐데…. 앞으로는 착하게 살 테야! 히히!

24
주워 온 책장들

어느 날, 주미가 나한테 사진을 하나 찍어서 보내줬다. 동네 놀이터의 미끄럼틀 사진이었다. 거기에 누가 낙서를 해놨는데 이렇게 적혀있었다.

'주미 새엄마 조낸 무서워! 완전 일진임!'

그렇다! '잠실대첩' 사건 이후 그 동네 일대에서 난 공포의 대상이 되었다. 이균 씨가 그러는데 어떤 사람이 엘리베이터에서 이균 씨더러 어떻게 그렇게 무서운 여자랑 살 수 있냐며 걱정하더라 했다.

주미는 반에서 완벽한 왕따가 되었다. 동네 엄마들이 자기 애들한테 주미 근처에 얼씬도 하지 말라고 단단히 주의를 시켰기 때문이다. 정작 주미는 밝게 살아가고 있다. 친구가 안 놀아줘서 속상하지 않으냐고 물어보면 괜찮다고 한다. 그렇지만 내 맘은 편치 않았다. 내가 평생 친구 없이 살았던 경험이 있어서….

난 이러한 문제를 해결하기 위해 특단의 조치를 취했다. 난 이균 씨한테 말했다. 가족들 다 데리고 그곳을 떠나 우리 집에 들어와서 살라고….

아빠는 처음에는 이러한 내 계획에 반대하셨다. 그러나, 언제인가 한번 주미 외할머니를 뵙더니 마음이 바뀌신 것 같다. 주미 외할머니가 그 연세에 꽤 미인이신지라….

결국 이균 씨의 가족들은 바리바리 짐을 싸가지고 우리 집으로 들어왔다.

그래서 지금 내 앞에는 아빠가 앉아있다. 아빠 옆에는 주미 외할머니가 계시고 아이들은 강아지들처럼 신나서 데굴데굴 엉켜서 놀고 있다. 이균 씨도 여기 있다. 여기는 우리 집 거실이다.

"아빠랑 주미 외할머니랑 여기에 도장 좀 찍어주세요."

내가 말했다.

"이, 이게 뭐냐?"

아빠가 되물으셨다.

"혼인신고서요."

"뭐? 혼인신고서!"

아빠가 화들짝 놀라셨다.

"아니 민주 씨! 무슨 혼인신고서 쓰는 거에 재미 들리셨어요? 뭘 만나는 사람마다 도장을 찍어달라고 하십니까?"

이균 씨가 끼어들었다.

"아니 그게 아니라…. 이제부터 우리 다 같이 살 건데 나랑 이균 씨는 부부니까 이상할 게 없고 주미랑 준희도 자매니까 이상할 게 없는데…. 생판 남인 할아버지랑 할머니가 같이 사는 것은 좀 이상하잖아요?"

내가 이렇게 이야기하자 이균 씨는 고개를 절레절레 저으며 더는 대꾸하지 않았다.

"합시다! 난 민주 씨가 시키는 것은 뭐든지 하겠어요."

오! 역시 주미 외할머니는 용감하시단 말이지! 주미 외할머니는 양식을 당겨 가져가시더니 고운 글씨로 이름이랑 본관 등을 차곡차곡 채워 넣으셨다. 마지막은 터프하게 지장으로 마무리!

작성을 다 마치자 주미 외할머니가 작성을 마친 양식을 아빠한테 들이밀었다. 아빠는 뭐 마려운 강아지처럼 몸 둘 바를 모르셨다.

"하하! 나도 해야 하나? 하하!"

아빠가 어색한 웃음과 함께 이렇게 말했다.

"왜요? 내가 마음에 안 드시우?"

주미 외할머니가 대뜸 이렇게 되물었다.

"아, 아니요! 매우 마음에 듭니다! 아니 그러니까 내 말은…. 그런 이상한 식으로 마음에 든다는 그런 뜻이 아니라 나쁘지는 않고 같이 있는 것은 괜찮을 것 같은…."

아빠 혹시 지금 주미 외할머니한테 반한 거야?

"그럼 쓰세요."

주미 외할머니가 말씀하셨다.

"아 네! 쓰, 쓰겠습니다. 하하! 내 돋보기가 어디 갔지?"

아빠는 비틀비틀 양식을 적어가기 시작하셨다. 긴장하셨는지 자기 이름도 막 틀리셨다. 여하튼 이렇게 거사가 완료되었다.

"자, 그럼 지금부터 주미 외할머니는 저의 새엄마가 되신 겁니다. 저는 주미의 새엄마가 되었고 이균 씨는 준희의 새아빠가 되었고…. 아, 진짜 내가 계획한 거지만 너무나 완벽하네요!"

내가 이렇게 말했더니 주미 외할머니… 아니 새엄마는 나를 꼭 안아주셨다. 이균 씨는 허공을 쳐다보며 그냥 멍때리고 있었고 아빠는 좀처럼 흥

분을 가라앉히시지 못했다.

"자 그럼! 방 배정을 하겠습니다. 제일 큰 안방에서 제가 애들을 데리고 잘게요. 서재에는 남자분들 두 분이 주무시고 제일 작은 방에는 새엄마께서…."

내가 이렇게 한참 설명을 하고 있는데….

"그냥 영감님은 저랑 합방합시다."

헉! 이 무슨 반전인가? 새엄마! 이것은 완전 포격 수준인데요?

"헉! 하 합방? 나, 나 코 고는데…."

아빠가 말했다.

"괜찮아요. 나는 이 갈아요."

계속되는 새엄마의 포격에 아빠는 이미 전의를 상실했다. 이러다가 오늘 아빠가 혈압으로 쓰러지시는 것은 아니겠지?

"이 서방은 일도 험한데 잠이라도 푹 자게 해야죠. 이 서방한테 독방을 주고 늙은이들끼리 같이 지냅시다. 혼인신고까지 한 마당에 뭐가 아쉬울 게 있다고…. 그 연세에 뭐 나를 덮치기라도 하겠수?"

새엄마가 덧붙여 말씀하셨다.

"저, 저는 절대로 덮치는 사람이 아닙니다!"

아빠가 부들부들 떨며 답했다.

"그럼 됐네요. 우리 딸? 우리가 저 방 쓸 테니까 이 서방 독방 줘요. 괜찮지?"

이날, 난 웃다가 죽는 줄 알았다! 여하튼 나는 대답 대신 고개를 끄덕였다. 이렇게 두 가족이 하나가 된 첫날 밤 주미랑 준희는 침대에서 밤늦게까지 놀았다.

"아줌마! 여기가 우리 집이라는 게 너무 꿈만 같아요! 앞으로 나 평생 여기서 사는 거죠?"

주미가 말했다.

"그래. 그리고 나보고 자꾸 엄마라고 부르는 연습 해!"

내가 대꾸했다.

"네 엄마!"

어라? 녀석! 자연스럽게 해냈다! 밤이 깊었다. 나는 불을 끄고 애들을 눕혔다. 감사하게도 애들은 금방 잠이 들었다.

나는 남은 설거지나 하려고 다시 부엌으로 나왔다. 그런데 부엌 옆 이균 씨 방에 불이 켜져있었다. 아직 안 자나?

"이균 씨 뭐 해요? 잠깐 들어가도 돼요?"

난 이렇게 말하면서 이균 씨 방문을 빼꼼히 열어보았다. 그 방은 달리 쓸 용도가 없어서 지금껏 전남편의 연구실에 있던 유품들을 잔뜩 갖다 놓았었다. 대부분 논문이나 연구자료 혹은 의상샘플 같은 것들이었는데 사실 자세히 읽어본 적도 없었고 번듯한 책꽂이도 없이 그냥 박스에 넣은 채로 쌓아놓았었다. 그런 전남편의 유품을 이균 씨가 이것저것 살펴보고 있었던 것 같다.

"아 민주 씨! 미안해요. 허락도 없이 막 들춰봤네요. 이거 전부 노 교수님 물건이었나 봐요?"

이균 씨가 조금 민망해하면서 이렇게 대답했다.

"여기 좀 지저분하죠? 사실 지금껏 창고처럼 쓰던 방이라서요."

나도 좀 민망해서 이렇게 말했다.

"아니요. 전 괜찮아요. 혹시 괜찮다면 교수님의 물건들을 제가 좀 정리해도 되나요?"

이균 씨가 말했다.

"뭐 그렇게 하세요. 저야 감사하죠! 안 그래도 그동안 바빠서 치울 엄두도 못 냈는데…. 히히!"

시간이 늦어서 너무 지저분한 그릇들만 대충 치우고 나는 잠자리에 들었다. 내일은 일요일이라 성당에도 가야 한다. 강민아 씨 만나는 날이다.

다음 날 아침 밥을 하러 부엌으로 나갔더니 새엄마께서 나보다 먼저 일어나 부지런히 아침을 차리고 계셨다.

"우리 딸 일어났어요?"

새엄마가 먼저 반갑게 인사해 주신다. 그 모습을 보고 있자니 좀 짠했다. 이 집에 있는 가족들은 다들 기구한 인생을 타고난 사람들이다. 어려서 아빠를 잃거나 아니면 엄마를 잃거나 혹은 남편을 잃거나 아내를 잃은 사람들이 지금 이 집에 다 모여있다. 그러나 그중에서도 가장 기구한 인생을 사신 분은 새엄마이시다.

주미 외할아버지는 주미 친엄마를 떠나보내는 고별실에서 오열하다가 쓰러지셨다. 병환이 깊은 것은 아니었지만 마치 살기를 포기하신 듯 시름시름 앓으시다가 그로부터 3개월 뒤 결국 자기 딸을 따라 하늘나라로 가셨다. 새엄마는 단 3개월 만에 자식과 남편을 동시에 잃었다. 그 이후로는 이균 씨가 성동병원에 입원 중이었기 때문에 오로지 혼자서 변변찮은 금전적인 지원조차 없이, 심지어 이균 씨의 채무자들과 싸워가며 주미를 키워내셨다.

난 조금은 어색하지만 찌개를 끓이기 위해 무를 썰고 계시는 새엄마를 등 뒤로 다가가 꼭 안아드렸다. 새엄마는 마치 어제도 그랬던 것처럼 자연스럽게 내 손을 두들겨주셨다.

어라? 그런데 이균 씨 방에 불이 켜져있었다. 어제 나보다 늦게 잤을 텐데 벌써 일어난 건가?

"이균 씨 들어가도 돼요?"

난 슬며시 방문을 열며 이렇게 말했다. 방 안을 보니 이균 씨는 전남편의 유품을 정리하기는커녕 모조리 다 꺼내어 그 좁은 방바닥 이곳저곳에 펼쳐놓았다. 무엇인가를 메모한 포스트잇이 여기저기 붙여져 있었다. 뭐야? 이 사람 밤새도록 이러고 있었던 거야? 게다가 3년째 비밀번호를 몰라서 나는 열어보지도 못한 남편의 노트북은 무슨 수로 켜놓은 거지?

"진짜 천재였네요!"

이균 씨가 나를 보더니 대뜸 이렇게 말했다. 누구? 전남편 말인가? 로봇 남 교수?

"네 그렇죠. 대단한 사람이었죠. 무일푼에서 토니번이란 큰 기업도 설립하고 대학교 강단에서 강의도 하고…."

내가 이렇게 답하자 이균 씨가 내 말을 끊었다.

"아니요! 교수님 말고 민주 씨요! 민주 씨가 진짜 천재였다고요!"

아니, 밤새 뭘 봤길래 갑자기 그런 말을 하는 거야? 그러나 그때 새엄마가 밥 먹으라고 말씀하셔서 우리의 대화는 일단 거기서 중단되었다. 이균 씨는 전남편의 유품을 정리(?)하던 일을 잠시 멈추고 식탁에 나와 앉았다. 아이들과 아빠가 아직 일어나지 않았지만 일단 우리 부부는 다정하게 같이 아침을 먹었다. 그리고 나서 나는 때 빼고 차려입고 얼른 성당으로 발길을 옮겼다.

새엄마가 아침을 대신 차려주신 덕에 나는 생에 처음으로 미사에 늦지 않게 도착했다. 강민아 씨는 아직 도착하지 않은 듯했다. 그런데 어라? 미사가 막 시작하는데 강민아 씨가 안 나타난다. 절대 이럴 리가 없다. 그녀는 시간 약속을 어기는 법이 결코 없다. 강민아 씨가 시간을 어겼다는 것은 정말 엄청나게 큰 문제가 발생했다는 뜻이다. 나는 곧바로 강민아 씨한테 전화를 걸었다. 다 죽어가는 그녀의 목소리가 들렸다.

"아 민주 씨! 연락하는 것을 잊어버렸네요. 내가 요새 너무 정신이 없어서…. 오늘 몸이 너무 아파서…. 나 지금 집이에요."

나는 전화를 끊자마자 강민아 씨의 집으로 달려갔다. 가서 보니 강민아 씨는 몸이 불덩이 같았다. 그녀는 침대에 누워서 꼼짝도 하지 못했다. 대문도 내가 번호 누르고 들어갔다.

"민주 씨, 오지 말라니까…."

강민아 씨가 말했다.

"민아 씨, 약은 먹었어요? 병원은요?"

내가 강민아 씨 이마를 짚으면서 물었다.

"조금 전에 해열제 먹었어요. 병원에는 못 갔어요. 갈 기운도 없는 데다가 나 오늘 저 프로토타입들 다 만들어야 하거든요. 야근하느라 지금껏 손도 못 대서…."

말하는 도중 강민아 씨의 눈가에 눈물이 고였다.

"민아 씨, 저거는 내가 어떻게든 만들어볼게요. 민아 씨는 빨리 약 먹고 자요. 아무 생각 하지 말고…."

강민아 씨는 절대 누구한테 폐를 끼치거나 신세 지는 것을 용납하지 않는 사람이었다. 그러나 얼마나 아프고 괴로웠는지 그날은 그냥 눈물을 글썽거리며 조용히 고개를 끄덕였다.

강민아 씨의 집은 그야말로 엉망진창이었다. 벗어던진 빨래는 말할 것도 없고 만들다가 만 프로토타입들이 여기저기 쓰러져있었다. 나는 일단 아빠한테 전화했다.

"아빠 나 오늘 늦을 거 같아. 준희 좀 잘 보고 있어."

"그래 걱정하지 말아라! 잘 놀다 와라!"

어라? 내가 지금 뭐 잘못 들었나? 아빠가 이렇게 대답하시는 것은 처음이다. 보통은…. '안 된다! 빨리 와라! 나 혼자 준희 못 본다!' 이러셔야 하는데…. 그래, 새엄마가 계셔서 그런 거 같다. 여하튼 지금으로써는 다행이다!

나는 일단 입고 온 정장을 한쪽에 잘 벗어두고 강민아 씨의 '노동 전용 츄리닝'으로 갈아입었다. 나랑 사이즈 비슷한 사람이 드문데 이 언니 옷은 입으면 거의 내 옷 같았다.

일단 집을 깨끗이 청소했다. 가끔 강민아 씨 이마도 짚어가면서…. 강민아 씨는 깊게 잠들었다. 아니 기절한 거 같다. 바닥에 이리저리 흐트러진 도면을 주워 모았다. 그리고 나는 100년 만에 처음으로 재봉틀을 돌리며 옷을 만들기 시작했다. 중간에 짜장면도 한 그릇 시켜 먹고….

저녁 7시쯤 되어서 모든 일이 끝났다. 강민아 씨도 열이 좀 식었다. 나는 보리차를 끓여서 강민아 씨를 깨울 겸 방 안에 들고 들어갔다. 먼저 나는 내가 강민아 씨 대신 만든 프로토타입을 보여줬다.

"나보다 훨씬 낫네요. 역시 민주 씨 솜씨가 좋아요."

마음에 드는 모양이다. 다행이다! 우리는 오래간만에 둘만의 시간을 가졌다. 강민아 씨는 지난 몇 년간 자신이 고생한 일들에 관해서 이야기했다.

나의 전남편이 사직한 이후에도 토니번의 CEO는 세 번이나 더 바뀌었다고 한다. 모두 다 경영실적 부진으로 인해 이사진으로부터 매번 사직을 권고받은 것이다. 현재 토니번의 CEO 자리는 공석이고 사실상 강민아 씨가 회사를 경영하고 있다. 이사진들이 긴급히 강민아 씨를 전무이사직까지 승진시켰지만, 연봉은 오히려 그 전의 절반도 못 받는 실정이다.

의류회사에서 가장 큰 부가가치를 창출하는 사람들은 뭐라 해도 의상 디자이너들이다. 제대로 된 히트상품이 몇 개만 있어도 회사는 순식간에 살아난다. 옛날에 전남편은 '제대로 된 히트상품'을 걸러내기 위한 도구로 나를 이용하기도 했었다. 지금 토니번 회사에는 수석 디자이너가 50명도 채 남지 않았다고 한다. 한 달에 수집되는 프로토타입 숫자가 10벌 정도인데 그나마도 조악하기 짝이 없는 수준이라 지난달에는 아무 제품도 출시하지 못했다고 한다. 현실이 이렇다 보니 강민아 씨는 경영관리직을 맡았으면서도 디자인 일을 손을 놓지 못하고 있었다.

"난 지금 단순한 경영실적 부진을 걱정하는 게 아니에요. 디자인은 의류회사에 있어서 생명이나 다름없어요. 디자이너가 없는 토니번은 재기하지 못할 거예요."

강민아 씨가 말을 마치고 눈을 꼭 감았다. 구슬 같은 눈물이 그녀의 뺨을 타고 굴러떨어졌다. 나는 그녀에게 오늘만큼은 그냥 푹 주무시라 했다. 세상만사 모두 잊어버리고….

집에 돌아오니 밤 9시가 넘었다. 다들 나를 기다리느라 아이들만 먹이고 저녁을 안 드셨다고 한다. 오늘 좀 힘들어서 그런지 밥상에서 좀처럼 인상을 펴질 못했다. 반면 아빠의 표정은 매우 밝아 보였다. 좋으신가 보다. 말년에 예쁜 마누라 얻어서…. 솔직히 내가 봐도 새엄마가 우리 친엄마보다 더 미인이시다. 갑자기 아빠 엄청 얄미워! 잉잉!

그런데 난 그렇다 치고 이균 씨 당신은 또 표정이 왜 그래? 왜 저렇게 심각해졌지?

"이균 씨 무슨 일 있어요?"

내가 물었다.

"민주 씨, 밥 다 먹고 제 방에서 이야기 좀 해요."

응? 무슨 일이 있나? 왜 그러지?

식사 후 난 이균 씨 방문에 노크했다. 그리고 방에 들어선 나는 입을 다물지 못했다. 별로 크지도 않은 방 한쪽 면이 어디서 났을지 모를 책장들로 가득 찼는데 전남편의 유품들이, 그러니까 온갖 서류들과 책자들이 깨끗하게 정렬되어 꽂혀있었다.

"이게 다 뭐예요? 이 책장들은 어디서 구했어요?"

내가 물었다.

"쓰레기 분리수거장에서 버려진 책장가구들 몇 가지를 주워 왔어요. 물론 깨끗하게 닦았고요."

이균 씨는 쓰레기장에서 주워 온 책장에 자기가 어떤 규칙으로 자료를 정리했는지를 꼼꼼하게 설명해 주었다. 그는 논문 자료는 알파벳 순서로 정렬해서 태그를 달아놓았고, 색상표, 샘플의상 그리고 도면 등은 종류별로 정리해서 책꽂이에 꽂아두었다. 이런 것들은 크기도 제각각인데 서랍 간격까지 기가 막히게 고쳐놔서 꾸겨지거나 한 것이 하나도 없었다.

"여기 교수님의 유품들이 대부분 '서민주' 한 사람을 위해 준비된 자료였더라고요. 아마 마지막 해에 교수님은 민주 씨 교육에 모든 것을 걸었던 모양입니다."

전남편은 그렇다 치고, 이것들을 처음 보았을 텐데 이토록 깔끔하게 정리한 이균 씨 당신은 또 뭐지? 아니 그보다도 이틀 동안 잠도 안 자고 이걸 다 정리해서 뭘 어쩌겠다는 건데?

"자료가 몇 년 지난 것들이 대부분이지만 너무 훌륭해서 여기 이것들만 다시 복습해도 충분할 것 같아요."

도대체 무슨 자다가 봉창 두들기는 소리야? 내가 왜 이걸 다시 공부해야 하는 건데?

"이균 씨! 무릎도 안 좋은 사람이 이런 중노동은 왜 했어요? 그리고 나보고 이것들을 가지고 뭘 어떻게 하라는 거예요?"

나는 냅다 소리를 질렀다.

"민주 씨, 여기에 사인 좀 해주세요."

이균 씨는 나의 물음에 대답 대신 서류를 한 장 나한테 내밀었다. 뭐야? 내가 혼인신고서 쓰게 했다고 지금 복수하는 건가?

"이, 이게 뭔가요?"

내가 물었다.

"이탈리아 밀라노대학원 입학원서예요. 다행히 다음 주까지가 지원 마감일이네요. 3개월 후에 밀라노로 가세요. 그리고 거기서 3년 전에 하려고 했던 일을 마치고 돌아오세요. 내가 노봉남 교수님을 대신해 도와드릴게요."

25
미션(Mission)

지금 인천국제공항을 향해 가는 중이다. 이균 씨가 운전하고 조수석에는 아빠가 타셨다. 준희는 내 무릎 위에 앉아있고 주미는 옆에서 내 손을 꼭 잡고 있다. 새엄마는 옆에서 연신 애들에게 무엇인가를 먹이고 계신다. 애들이 늦게 일어나서 아침을 못 먹이고 나왔기 때문이다.

온 가족이 함께 가는 중이지만 짐가방은 달랑 하나이다. 항상 조잘조잘 말이 많던 주미는 오늘은 말이 없다. 아니, 가족들 모두 다 말이 없다. 아빠도 새엄마도 그리고 이균 씨도…. 비행기 출발시각은 두 시간 정도 남아있다. 두 시간 후면 난 이탈리아로 떠나게 될 것이다. 사랑하는 가족과 고국을 뒤로하고….

지난 3개월 동안 이균 씨의 도움을 받아 유학을 준비했다. 그야말로 번갯불에 콩 구워 먹기가 따로 없었다. 대부분의 구비 서류들은 3년 전에 썼던 것을 거의 그대로 제출했다. 그나마 내가 하지도 않았다. 이균 씨가 전남편이 남긴 자료들을 참고해서 적당히 수정해서 나를 대신해 제출해 줬다. 그 외에도 이균 씨가 대신해 준 일들이 다반사였는데 이를테면 이탈리아어를 전혀 못 하면서도 현지 지도 교수님 메일에 답장도 써줬다.

"구글 번역기가 이탈리아어를 영어로 번역해 주는 데에는 거의 완벽하네요! 교수님 이메일은 내가 정리해 줄게요."

이러더란 말이다. 좌우지간 이균 씨 당신도 보통 인물은 아니야! 여하튼 덕분에 나는 오로지 공부에 집중할 수 있었다.

3년 전에 지원하려 했던 랩(LAB)에는 갈 수 없었다. 그쪽 교수님은 워낙 저명한 분이라 입학 3개월 전에 지원한다는 것은 불가능했다. 그래서 잘 모르는 분이지만 지금 당장 와도 좋다고 대답해 주신 교수님을 대신 선택했다.

지금 이 차 트렁크에는 내 짐가방 말고도 큼지막한 상자가 하나 더 있는데 그것은 나의 전남편이 잠들어 있는 유골함이다. 준희는 저 상자가 무엇인지 알고나 있을까? 이번 이탈리아 여정 중에 유학에 앞서서 전남편의 유골함을 베네치아에 있는 마르코 성당으로 이장할 예정이다.

전남편은 어릴 적에 그의 어머니의 손을 잡고 마르코 성당에 갔을 때, '나중에 돈을 많이 벌어서 어머니와 함께 베네치아에서 살 거야'라고 자주 말했다고 한다. 그래서일까? 그가 성공한 후 가장 먼저 한 일은 베네치아에 별장을 마련하는 일이었다. 그는 베네치아 일대에서 가장 아름답고 고급스러운 펜트하우스를 사들였다. 그러나 정작 자신은 그 펜트하우스에서 살아본 경험이 없다. 그는 이탈리아에 있을 때는 주로 밀라노에서 지냈고 한국에 와서는 줄곧 서울에만 있었다.

비록 사후일지라도 전남편을 평생토록 동경한 베네치아에서 편안히 잠들게 하고 싶다는 내 생각을 시어머니께 전달했었다. 시어머니는 처음에는 반대하셨지만 결국에는 내 뜻에 수긍해 주셨다. 시어머니와 난 조금 무리를 해서 돈을 모았다. 그리고 지난주에 베네치아 마르코 성당 지하묘지에 묫자리를 하나 마련했다.

이런저런 생각을 하다 보니 우리는 어느덧 공항에 도착했다. 강민아 씨가 배웅차 공항에 먼저 도착해서 우리를 기다리고 있었다. 그녀는 나를 보자마자 얼른 내 짐부터 받아줬다. 덕분에 나는 유골함을 좀 더 공손히 품에 안을 수 있었다.

탑승수속을 밟는데 유골함이 특수 수화물이라서 시간이 많이 걸렸다. 짐 가방은 부쳤지만 유골함은 직접 들고 타야 한다고 했다. 그리고 비행기에 타면 스튜어디스들이 별도 공간에 결속하여 도착할 때까지 보관해 줄 것이라고 공항직원이 설명해 줬다.

출발시간이 얼마 남지 않았다. 출국장 입구에 서서 난 가족들과 작별인사를 해야 했다. 강민아 씨하고도 포옹했다.

"난 노봉남 교수님을 믿어요. 그분이 민주 씨 교육에 모든 것을 걸었을 때는 뭔가 그만한 이유가 있었던 것 아닐까 난 그렇게 믿고 있어요."

그런가? 솔직히 난 지금도 내가 왜 이탈리아에 가야 하는지 모르겠다. 그때였다. 내색 않고 있던 주미가 갑자기 울음을 터뜨렸다.

"엄마 가지 마! 이탈리아에는 왜 가는데? 잉잉!"

주미가 울면서 내 팔을 잡았다. 초등학생 아이의 힘없는 그 손아귀가 얼마나 세게 느껴졌는지 모른다. 급기야 주미가 내 팔에 얼굴을 묻고 소리를 내며 울기 시작하는데 다리가 후들거렸다. 겁이 덜컥 났다. 역시 여기 오는 게 아니었어! 공부고 뭐고 다 때려치우고 애들 손 붙들고 얼른 집으로 돌아가고 싶어졌다.

"이균 씨! 나 도저히 못 가겠어요. 나 집에 갈래요. 주미 우는 거 안 보여요?"

이균 씨에게 이렇게 말했다.

"엄마가 되어서 이렇게 약한 모습 보이면 어떻게 합니까? 민주 씨가 주미 손 떼어놓고 얼른 떠나세요. 비행기 놓치겠어요."

야, 이 피도 눈물도 없는 자식아! 어떻게 나에게 그렇게 말할 수가 있냐?

"나쁜 애들이 또 주미 괴롭히면 어떻게 해요? 어떻게 해!"

말도 제대로 안 나왔다. 뭔가가 목구멍을 틀어막은 것 같았다. 그러자 이균 씨가 이번에는 주미를 야단치기 시작했다.

"주미야 엄마 손 놔라! 너는 없던 엄마가 그렇게 거저 생길 줄 알았니? 세상은 노력한 사람만 무엇인가를 얻을 수 있는 거야! 너도 엄마 올 때까지 열심히 살아라! 그럼 엄마 언젠가 반드시 돌아오신다."

아빠의 꾸중 때문인지 아니면 뭔가를 받아들인 건지 주미는 내 손을 슬그머니 놓았다. 나는 들고 있던 유골함을 잠시 강민아 씨에게 맡기고 무릎을 꿇고 주미의 눈물 젖은 얼굴을 닦아주었다.

"주미야, 공신폰 꺼내봐! 오늘 2015년 2월 12일이지? 알람 맞춰놓을게! 이게 2018년 2월이 되면 엄마 돌아올 거야! 약속할게! 죽는 한이 있더라도 돌아올게! 알았지?"

주미는 내 말을 듣더니 울면서 고개를 끄덕였다. 나는 주미를 꼭 안아주었다. 놓고 싶지 않았다. 하지만 놓아야 했다. 준희도 안아주었다. 다행인지 불행인지 얘는 어려서 지금 무슨 일이 일어나는지 전혀 모르는 것 같았다. 웃으면서 나한테 손까지 흔들어주었다.

겨우 출국심사대를 통과했다. 보안 검색대를 통과하고 힘이 빠진 다리에 애써 힘을 줘가며 마침내 탑승구 앞에 도착했다. 숨 좀 고르려고 탑승구 앞 의자에 잠시 앉았다. 잠시 후 탑승구 문이 열리자마자 나는 얼른 비행기에 탔다. 스튜어디스들이 이미 연락이라도 받았는지 자연스럽게 내가 들고 있던 유골함을 받아주었다. 어딘가 놓는 거는 봤는데 정확히 어디에 놨는지 잘 모르겠다. 내릴 때 잊지 말고 물어봐야겠는데….

난 내 좌석에 앉았다. 눈물을 참으려고 애를 썼다. 그러나 비행기가 움직이기 시작할 때 난 결국 참았던 울음을 터뜨렸다. 소리 안 내려고 두 손으로 입을 꼭 틀어막고는… 옆에 어떤 이탈리아 아저씨가 하나 탔는데 그 사람한테 너무 죄송했다.

"Mi dispiace! Mi dispiace!(죄송합니다! 죄송합니다!)"

나는 울먹거리며 양해를 구했다.

"Va tutto bene piangi.(괜찮습니다. 그냥 우세요.)"

그 남자는 자기 손수건까지 내어주며 이렇게 나를 위로해 주었다. 역시 이탈리아 남자들이 매너가 좋단 말이지!

그나저나 애들이랑 떨어진 지 이제 고작 3시간 지났는데 앞으로 3년은 어떻게 버텨야 하나? 그 시간이 가기는 갈까?

26
Antonio Bernini

밀라노컬렉션은 세계 4대 패션컬렉션 중 하나이다. 밀라노컬렉션에 포함된 브랜드는 아무리 패션을 모르는 사람이라도 한 번쯤 들어봤을 것들이다. 돌체앤가바나(Dolce&Gabbana), 구찌(Gucci), 베르사체(Versace), 프라다(Prada) 등…. 올해 2017 밀라노컬렉션에서는 사상 처음으로 비영리 조직이 참여했다. 바로 내가 다니는 대학교 밀라노대학이 참여한 것이다.

우리 학교는 6월과 9월의 밀라노컬렉션 행사에 각각 열 개의 작품을 전시하였다. 이 중 다섯 개 작품은 런웨이에 올라가기도 하였다. 그리고 런웨이에 올라간 작품들은 모두 내가 만든 것들이었다. 좀 재수 없게 들릴지 모르겠지만 이번 2017년도 밀라노컬렉션의 주인공은 바로 나였다.

런웨이에서 나는 연달아 극찬을 받았다. 내로라하는 명품브랜드 업체의 헤드헌터들로부터 당장 같이 일하자는 러브콜도 수없이 받았다. 그러나 나는 받아들일 수 없었다. 3년 전 여기 이탈리아에 와서 공부를 시작했던 그날부터 지금 이 순간까지도 내 머릿속은 오로지 어떻게 하면 빨리 집으로 돌아가 애들을 볼 수 있을까 하는 생각뿐이기 때문이다.

어떻게 하면 시간을 빠르게 흘러가게 할 수 있는지 알아? 바쁘게 살면 된다. 그렇다면 정말 시간을 빠르게 흘러가게 하려면 어떻게 해야 할까? 죽기 살기로 살면 된다. 애들과 떨어져 있는 시간 동안 난 단 하루도 견딜 수가 없었다. 어떻게 해서든 3년이란 시간을 빠르게 가게 해야 했다. 그래서 죽기 살기로 공부하고 쉴 새 없이 작품을 만들었다.

사실 처음에는 비단 성적이 좋지 못했다. 생각해 봐라! 여기는 세계에서 제일 잘났다는 애들이 다 모여있다. 한국에서 대학 다니던 시절처럼 설렁설렁했다가는 장학금은 고사하고 졸업도 못 한다. 그리고 석차가 상위 10% 안에 들어야만 초과 이수학점 신청이 가능했기에 계속해서 성적이 좋지 않았다가는 '3년 안에 돌아오겠다!'라고 주미에게 맹세한 약속을 지킬 수 없게 될 처지였다. 자식한테 약속도 못 지키는 엄마가 될 수는 없잖아?

주중에는 한 세 시간 정도 잤던 거 같다. 그 이상 자려고 해도 조금만 피로가 풀리면 애들 얼굴이 떠올라서 침대에 누워있지 못했다. 눈 뜨면 또 바로 공부했다. 룸메이트가 나더러 미친 거 같다고까지 한 적도 있다. 그 결과 재작년 2학기부터 난 한 번도 상위 10%를 놓친 적이 없었다.

그렇다고 공부만 한 것은 아니다. 나는 한 달에 한 번 산타루치아에 계신 시어머니를 뵈러 갔다. 산타루치아에서 어머니는 'Lorenzo'라는 레스토랑을 시아버지가 돌아가신 후 지금까지 30년간 운영해 오셨다.

작고 초라한 식당이지만 단골이 끊이지 않는다. 나는 식당이 너무 붐빌 때 웨이트리스 일을 맡아 어머니를 도와드리곤 했다. 알잖아? 내 주문 받기 실력! 어머니는 나의 엄청난 기억력을 보고는 깜짝 놀라셨다. 어머니를 뵙고 밀라노로 돌아오는 길에는 베네치아 마르코 성당에 들러서 미사도 참석하고 그곳에 새로 안치한 전남편의 묘소에 꽃다발도 갖다 놓곤 하였다.

세월은 참으로 빠르게 흘러갔다. 하루보다 일주일이 짧았다. 일주일보다는 한 달이 짧았다. 그리고 어느덧 3년이란 시간이 거의 다 흘러갔다. 이제 한국으로 돌아갈 준비를 해야 했다.

오늘은 드디어 나의 졸업작품 심사가 있는 날이다. 요령을 피우는 어떤 학생들은 첫 심사에는 제대로 된 프로토타입을 들고 오지 않는다. 왜냐하면 한 번에 심사를 통과하는 경우는 거의 없기 때문이다. 그러나 나는 밀라노컬렉션에 출품했던 작품을 만들 때보다도 배로 노력을 기울여서 나의 졸업작품을 만들었다.

나는 교수님들 앞에서 졸업작품을 보이며 설명하기 시작했다. 그런데 시작한 지 한 1분도 안 되어서 지도 교수님이 손을 들어 올리셨다. 뭐야? 벌써 낙방인가?

"Vuoi andare a casa vero?(민주 씨는 집에 가고 싶으시죠. 그렇죠?)"

교수님이 나에게 물었다.

"Sì professore.(네 교수님.)"

"Non siamo idonei a misurare il tuo prototipo. Vai a casa se vuoi. Sei appena passato.(우리는 민주 씨의 프로토타입을 평가할 자격이 부족합니다. 집에 가고 싶다면 집으로 가세요. 당신은 금방 심사를 통과했습니다.)"

나는 눈물을 글썽거리며 네 분의 심사위원 교수님들을 번갈아 끌어안고 뺨에 키스를 해드렸다.

"Grazie professore Grazie!(감사합니다. 교수님 감사합니다!)"

그로부터 며칠 후, 나는 몇 가지 행정처리만 마무리하고 모든 짐을 싸서 학교를 떠나 어머니가 계시는 산타루치아로 갔다. 나는 그곳에서 크리스마스를 어머니와 함께 보냈다. 크리스마스 저녁에는 기차를 타고 베네치아로 가서 어머니와 함께 미사를 드렸다. 미사를 마치고 나서는 지하묘지로 갔다. 나는 그곳에서 먼저 세상을 떠난 전남편의 비석에 이마를 대고 마지막으로 애도의 눈물을 흘렸다.

"나 내일 떠나면 이제 여기 다시는 돌아오지 않을 거예요. 당신의 빈자리를 채워줄 새 사람을 만났어요. 준희도 새아빠 밑에서 무럭무럭 클 거예요. 이제는 가족들의 일도 회사의 일도 아무것도 걱정하지 말고 여기서 편히 주무세요. 천국에서 만날 그날까지 안녕….."

나는 교회 바닥에 깔린 그의 비석에 입을 맞추었다. 그의 비석에는 '노봉남'이나 '토니 번(Tony Bern)' 같은 이름은 적혀있지 않았다. 그이의 이탈리아식 본명인 'Antonio Lorenzo Bernini'란 이름이 굵직하게 새겨져 있었다. 그날 밤 어머니와 나는 베네치아의 펜트하우스에서 같이 잤다. 크리스마스 연휴라 세입자가 잠시 휴가를 간 틈을 타 홈스테이를 신청했었다.

다음 날, 한국을 떠날 때는 아이들이 눈에 밟혀 떠나질 못했는데 이탈리아를 떠나려니까 어머니가 눈에 밟혀 떠날 수가 없었다. 나는 몇 번이나 나랑 같이 한국으로 가지 않겠냐고 제안했지만 어머니는 한사코 거절하셨다.

"Assumi la compagnia di tuo marito. Mentre sto rilevando il ristorante di mio marito!(너는 가서 너의 남편의 회사를 살리거라. 내가 나의 남편의 식당을 지키고 있듯이….)"

어머니는 나에게 이렇게 말씀하셨다. 그리고는 작별의 키스 세례를 퍼부어 주셨다. 나는 나의 결혼반지를 빼서 어머니께 돌려드렸다. 그 반지는 6년 만에 원래의 주인에게로 돌아간 것이다.

어머니와 헤어지고 나서 흐르는 눈물을 꾹꾹 참으며 나는 출국심사를 통과하고 겨우겨우 탑승구에 도착했다. 좀 빠듯하게 도착해서인지 이미 탑승구는 열려있었다. 나는 얼른 비행기에 탔다. 난 내 좌석에 앉았다. 눈물을 참으려고 애를 썼다. 그러나 비행기가 곧 움직이기 시작할 때 난 결국 참았던 울음을 터뜨리고 말았다. 소리 안 내려고 두 손으로 입을 꼭 틀어막고는…. 옆에 어떤 이탈리아 아저씨가 하나 탔는데 그 사람한테 너무 죄송했다.

"Mi dispiace Mi dispiace!(죄송합니다!)"

나는 울먹거리며 양해를 구했다.

"한국 사람이세요? 저 한국말 잘해요. 무슨 일이세요? 도와드릴까요?"

그 남자는 자기 손수건까지 내어주며 이렇게 나를 위로해 주었다. 역시 이탈리아 남자들이 매너가 좋다! 한국으로 가는 비행기 속에서 의외로 나는 엄청나게 잘 잤다. 정신을 차려보니 비행기가 막 착륙하고 있더란 말이다. 비행기에서 내려서 입국 수속을 받으러 가는 길이 왠지 좀 두려웠다. 애들이 너무 많이 변해있을 것 같기도 했고 준희가 나를 못 알아보면 어떻게 하나 걱정도 되었다.

혼자서 이탈리아에서만 너무 오래 있었더니 입국심사대에서 안내하시는 분이 '뒤로 좀 물러서 주시겠어요?'라고 하는 말을 순간 못 알아들었다. 입국도 마치고 짐도 찾고 세관을 지나 마침내 대합실로 나왔다. 그토록 그리워했던 내 가족들이 마치 나를 떠나보낸 후 3년 내내 거기 서있었던 것처럼 나를 마중 나와있었다. 강민아 씨도 함께….

나는 먼저 아이들을 끌어안았다. 주미는 열네 살이 되었다. 여자인 내가 봐도 홀딱 반해버릴 성숙한 미인이 되어있었다. 모습만 성숙해진 것이 아닌 듯했다. 어른 같은 표정을 하고는 나를 꼭 안아주면서….

"엄마 수고하셨어요!"

이런 말도 다 하더란 말이다. 그리고 한국을 떠날 때는 주미가 울고불고 난리였는데 이번에는 준희가 나를 보더니 울면서 나를 놓지 않았다. 나는 두 아이를 한 번에 품에 안으며 이렇게 말했다.

"엄마 이제 다시는 너희들 곁을 떠나지 않아! 죽는 날까지 너희와 함께할 거야!"

27
만장일치

나는 생애 두 번째로 토니번에 입사했다. 이전처럼 이상한 쇼핑이나 프로토타입 평가나 하려고 입사한 것은 아니다. 나는 토니번의 수석 디자이너가 되었다. 한국에서 돌아온 바로 그날 나는 강민아 씨에게 회사에 내 자리를 좀 만들어달라고 부탁했고 토니번의 전무이사로서 그녀는 나를 정식으로 채용했다.

자그마치 10년 만에 처음으로 토니번에 출근하였다. 참 감회가 새로웠다. 이곳에서 많은 일이 있었다. 나는 호기심에 파브리지오 선생님이 투신하고 내가 자살 소동을 벌였던 19층 옥외 휴게실을 먼저 찾았다. 그 휴게실 문은 굳게 잠겨져 있었다. 손잡이에는 자물쇠가 감겨있었고 그 위에 '위험지역! 접근금지!'라는 표지가 걸려있었다. 좀 웃음이 났다. 아 진짜 나 왜 이러지? 이곳은 파브리지오 선생님이 최후를 맞이하신 슬픈 장소란 말이다.

몇 년 전 토니번은 부도 위기까지 몰렸었다. 회사의 절명을 막기 위해 강민아 씨가 선택한 최후의 수단은 '법정관리신청'이었다. 그래서 토니번은 2년 전부터 법정관리에 들어간 상태였다.

회사의 모습은 참담하기 그지없었다. 4년 전쯤 내가 주주총회 참석차 방문했을 때 사옥 건물의 10개 층만 직원들이 쓰고 나머지 층은 세를 놓고 있었는데 지금은 건물 거의 전체를 세를 놓은 상태이다.

의류회사에 있어 가장 핵심 인력은 의상 디자이너들이다. 그런데 수석 디자이너 숫자가 고작 10명 정도였다. 내가 강민아 씨한테 한 달에 보통 몇 점의 프로토타입이 수집되느냐고 물었다. 한 달이 아니라 두 달에 한 점 정도 수집되고 제품출시는 반기에 겨우 한 번 할까 말까 정도라 했다.

나는 강민아 씨한테 다른 사람들은 몰라도 어떻게 해서든 디자이너들 보상만큼은 좀 챙겨주라고 부탁했다. 이 사람들마저 퇴사하면 회사는 곧 숨을 거두게 될지도 모를 일이었다.

입사 후 일주일 정도는 자리 정리하고 작업실 꾸미느라 후딱 갔다. 그러던 어느 날 나는 일하다 말고 불쑥 강민아 씨를 찾아갔다. 그런데 지금 강민아 씨는 내 직장상사인데 이래도 되나? 그녀는 전무 나는 과장….

전무이사실 문을 열고 들어갔다. 강민아 씨는 반갑게 나를 맞아주며 손수 커피도 한 잔 타주었다. 나는 지난 몇 년간 밀라노에서 공부하는 중에 생긴 좀처럼 풀리지 않는 의문점이 하나 있었다. 나는 강민아 씨라면 해답을 알고 있을 것 같아 그것을 물어보기 위해 그녀를 찾아간 것이었다.

"민아 씨, 진짜 궁금한 게 하나 있어요."

그런데 회사에서 이렇게 전무님의 이름을 막 불러도 되나?

강민아 씨는 커피를 마시느라 대답 대신에 고개를 끄덕였다. 나는 말을 이어갔다.

"내가 밀라노에 있어보니까 거기는 패션 세계의 '메카'더라고요. 토니번 본사도 원래는 거기에 있었죠? 내가 궁금한 것은 우리 전남편이랑 파브리지오 선생님께서는 16년 전에 왜? 도대체 왜? 그곳을 떠나서 패션의 불모지인 한국으로 본사를 옮긴 것이죠?"

내가 이렇게 물으니까 강민아 씨는 뭔가 한대 얻어맞은 것처럼 가만있었다.

"그러고 보니 한 번도 그것에 대해 의문을 가져본 적이 없었네요. 그냥 단지 파브리지오 선생님께서 한국을 워낙 사랑하셔서 그런 거로 생각하고 있었어요."

강민아 씨가 대답했다.

"아니에요. 그것만으로는 부족해요. 우리 전남편이랑 파브리지오 선생님은 둘 다 미치도록 철두철미한 사람들이었어요. 엄청난 이유가 있지 않고서는 땅값도 비싼 이 테헤란로 한복판에 이런 큰 빌딩까지 사면서 그런 무모한 천도를 할 리가 없단 말이죠. 이것은 밀라노에서 몇 년 살아본 사람이라면 누구나 공감할 거예요. 패션에 있어서 밀라노에 비하면 서울은 완전 사막 같은 곳이에요."

강민아 씨는 더는 아무런 대답도 하지 못했다. 그냥 심각한 표정을 하고서는 나를 쳐다보았다.

"민아 씨가 그 이유를 좀 알아봐 주세요. 제 생각에는 이것이 지금 우리가 가장 급선무로 알아야 할 일인 거 같아요. 만사 제쳐두고 이것부터 알아봐 주세요! 부탁해요!"

난 강민아 씨한테 정중히 부탁했다. 아닌가? 명령한 거 같은데 전무님한테 이래도 되나?

강민아 씨와 대화를 마치고 난 전무이사실을 나와 내 자리로 돌아왔다. 그리고 잠시 화장실을 갔다가 또다시 내 자리에 돌아왔을 때 즈음에 강민아 씨한테서 연락이 왔다.

"민주 씨, 다시 내 방으로 오세요. 민주 씨 질문에 대한 해답을 찾은 거 같아요."

헐! 뭐야? 난 지난 3년간 이걸 궁금해했는데 당신은 30분 만에 해답을 찾았다고? 어쨌거나 난 다시 강민아 씨를 찾아갔다. 강민아 씨는 회사 전자문서함의 자료를 띄워놓고 지난 16년간 회사에서 있었던 일들을 자세히 설명해 주기 시작했다. 16년 전 본사를 서울로 옮기자고 제안한 사람은 파브리지오가 맞다. 그러나 그보다 1년 전에 이미 전남편은 본사를 극동 아시아 지역으로 옮기는 계획을 추진하고 있었다. 다만 그가 원래 1순위로 마음에 품고 있었던 곳은 일본 도쿄였다.

전남편이 유라시아 대륙을 건너 이 머나먼 동쪽 끝으로 건너온 이유는 단 하나였다. 바로 중국 시장 개척 때문이었다. 그리고 이러한 사업전략은 강민아 씨도 당시에는 모르고 있었다. 당시 강민아 씨는 임원도 뭐도 아닌 오로지 디자인 일만 하는 평범한 디자이너였다. 그리고 무슨 이유에서인지 딱히 대외비도 아닌 이 사업전략에 대해서 전남편은 물론 파브리지오 선생님조차 일체 강민아 씨를 비롯한 누구한테도 발설한 적이 없었다고 한다.

왜냐하면 중국 시장 진출 계획은 참담하게 실패했었기 때문이다. 당시 본사 이전에 대한 책임이 있는 전남편과 파브리지오 선생님은 이사진들로부터 심한 질타를 받고 있었기 때문에 파브리지오 선생님은 창피한 나머지 자신의 수제자인 강민아 씨에게마저 이러한 내막을 숨기고 있었다.

2006년에 이르러 전남편은 중국 시장 진출을 포기하고 본사를 밀라노로 귀환시킬 계획을 세우고 있었다. 그런데 그때 그이 앞에 바로 내가 나타난 것이다. 카페 '쇼팽'에서 짝퉁 보세 옷이나 걸치고 커피를 마시고 있던 '서민주' 말이다.

나의 재능에 대해서 전남편과 파브리지오 선생님 둘 다 똑같이 극찬했지만 나를 사용하는 그들의 방법과 목적은 완전히 달랐다. 파브리지오 선생님은 나를 디자이너로 만들어서 중국 시장에 다시 진출할 수 있는 히트 작품을 만들어내려 했다. 반면 민첩하고 효율적인 것을 좋아했던 전남편은 나에게 프로토타입 평가를 시켰다. 내가 골라냈던 프로토타입들은 당시 한국과 일본 그리고 미주 지역에서 큰 히트를 쳤다.

이때쯤 둘 사이의 갈등은 극도에 이르렀던 것 같다. 급기야 전남편은 나를 이용한 계략을 꾸며 파브리지오 선생님을 회사에서 내쫓을 계획까지 세우게 되었다. 결과적으로 그 계략은 파브리지오 선생님을 죽음에까지 이르게 하였는데….

그래 이 정도면 충분하다! 강민아 씨 대단하다! 나의 의문은 모두 풀렸다! 난 내가 무엇을 해야 하는지 확실하게 알게 되었다!

"민아 씨! 나 중국에 출장 좀 보내줘요! 당장 중국에 가야겠어요!"

난 자리에서 일어나 두 주먹을 불끈 쥐고 이렇게 외쳤다.

"네 알겠어요. 바로 준비해 드릴게요."

아무래도 강민아 씨랑 자리를 바꿔야겠다. 그냥 내가 전무 할게 언니가 과장 해라. 정말 미안해!

그렇게 해서 며칠 후 나는 아빠랑 이균 씨를 집에 남겨둔 채 여자들만 데리고 중국 대도시 투어를 다녔다. 낮에는 엄마랑 애들끼리만 놀게 하고 나는 유명 백화점들을 돌아다녔다. 그리고 이제는 알 수 있었다. 옛날에 CEO였던 전남편이 왜 나에게 쇼핑을 시켰는지….

백화점에 진열된 상품들만 분석해도 지역 소비자들의 취향을 알 수 있다. 옛날에는 내가 안목은 있었지만 디자인을 수행할 능력이 없었으니 나는 샘플링한 물건들을 수석 디자이너들한테 갖다 바쳐야 했다. 난 그것이 쇼핑이라고 생각했던 것뿐이다.

그러나 이제는 저것들을 구매할 필요도 없다. 내가 디자이너이니까 내 머릿속에 넣어놓고 저녁에 호텔로 돌아와 스케치북에 내가 봤던 것을 그려보며 되새김질했다. 스케치 중 몇 개는 준희가 종이비행기를 접어서 창문 밖으로 날려버리기도 했다. 요 녀석! 잉잉!

9박 10일간의 중국 일주를 마치고 우리 가족은 한국으로 돌아왔다. 아이들은 집에 와서도 홍콩 디즈니랜드가 제일 재미있었다는 등 난리를 쳤다. 그리고 나는 내가 눈여겨본 디자인을 담은 십수 권의 스케치북을 남겨 왔다.

다음 날 출근하자마자 수석 디자이너들을 모두 집합시켰다. 미안한 이야기이지만 이들의 실력은 참으로 형편없었다. 아무리 설명을 해줘도 내가 하는 말을 전혀 이해하지 못했다. 하긴 똑똑한 애들은 진작에 다 회사를 나갔겠지! 하지만 인내심을 갖고 가르쳤다. 이균 씨가 나를 가르쳤던 것처럼, 전남편, 로봇남 교수님이 나를 가르쳤던 것처럼….

나는 강민아 씨에게 말레이시아에 좀 가보라고 했다. 그곳에서 만반의 준비를 하고 있다가 내가 프로토타입을 보내면 재빨리 OEM 공장을 전부 가동해서 제품을 생산할 수 있게 해달라고 부탁했다. 특히 불량이 나지 않도록 주의해 달라고도 부탁했다.

10명의 실력 없는 디자이너들과 나는 힘을 합하여 한 달 만에 12점의 프로토타입을 완성했다. 프로토타입 평가는 생략했다. 지금 그런 거 할 여력이 어디 있나? 그리고 감히 내 작품을 평가하겠다는 간 큰 인간이 적어도 우리 회사 내에서는 없을 것이다.

내가 한 달간 열심히 디자인하는 동안 강민아 씨는 말레이시아 OEM 공장을 최적화하여 생산 능력을 기존의 180%나 끌어 올려놓았다. 그리고 내가 프로토타입을 던지자마자 공장을 풀(Full)가동하여 차질 없이 대량 생산을 진행했다. 좌우지간 이 세상에 이 언니보다 일을 더 잘하는 사람은 없을 거야!

불안한 것이 하나 있었는데 회사가 너무 돈이 없다 보니까 홍보를 하기 힘들었다. 홍보란 것이 괜히 어설프게 만든 유치한 광고를 잘못 뿌렸다가 되려 회사 이미지만 더러워질 수가 있어서 나는 강민아 씨한테 아예 아무런 홍보도 하지 말자고 제안했다.

그리고 중국 내 백화점에 토니번이 입점한 곳도 얼마 없었다. 하지만 이것도 건들지 말자고 제안했다. 현재 입점해 있는 지점에 집중하자고 강민아 씨한테 말했다.

내가 과연 옳은 선택을 한 것인가? 엄청나게 많이 만들어놨는데 저 물건들이 과연 다 팔릴까? 걱정을 많이 했는데 전부 쓸데없는 걱정들이었다. 말레이시아 공장은 3년 만에 처음으로 3교대 근무에 돌입해야 했다. 물량이 너무 모자라서….

중국 백화점에 토니번 지점이 부족한 것은 오히려 선전효과가 있었다. 토니번 제품을 희귀하게 만들어줬기 때문이다. 고객들은 지점 앞에서 옷을 사기 위해 한 시간 넘게 줄을 서거나 번호표를 뽑아야 했다.

일단 급한 불을 껐다. 회사에 여유자금이 생겼다. 자금이 생겼다는 것은 곧 시간이 많아졌다는 뜻이기도 했다. 그 여유를 이용해 나는 수석 디자이너들을 교육하는 데에 열중했다. 그냥 서민주 스타일로 가르쳤다. 욕하고, 소리 지르고, 윽박지르고, 밥 사주고, 술 사주고…. 나는 곧 수석 디자이너들 사이에서 공포의 대상이 되었다.

한 달 정도 지나니까 걸레만 만들던 디자이너들이 혼자서도 제법 옷 같은 것을 만들기 시작했다. 그제야 나도 다시 나만의 프로토타입 디자인 업무에 집중했다. 그리고 강민아 씨에게는 필리핀에 좀 가보라고 했다. 가서 예전에 문 닫은 공장도 다시 재기시켜 보라 했다.

이후 우리 회사는 3분기 연속 중국 시장 내 최고 히트상품들을 연달아 배출했다. 9월에는 조기 워크아웃을 선언했다. 필리핀의 OEM 공장 2기도 다시 가동되기 시작했다. 게다가 한국에도 공장을 하나 더 건설하기 시작했다. 이 공장은 고급상품 생산 전용으로 운영할 예정이다.

그로부터 두 달 후 11월에 긴급 이사회가 열렸다. 이번 이사회의 안건은 새로운 CEO를 뽑는 일이었다. 토니번은 오랫동안 CEO 자리가 공석이었다. 회사 꼴이 엉망이다 보니 유능한 사람은 안 오려고 했고 뽑힌 사람은 금방 이사진들에 의해서 해고당하기를 반복했기 때문이다.

여러 후보자가 있었지만, 강민아 씨를 포함한 모든 이사진은 만장일치로 한 명의 후보를 선택했다. 그들은 나를 선택했다. 그래서 나는 나의 전남편의 뒤를 이어 토니번사의 새로운 CEO가 되었다.

28
아름다운 밤이에요!

올해는 청소년동계올림픽이 열리는 해이다. 이번 올림픽은 특이하게도 이탈리아 북부 3개 도시가 연합해서 올림픽을 개최했다. 그래서 각종 종목이 분산되어서 진행되었다.

나는 올림픽 경기를 관람하기 위해 밀라노에 왔다. 솔직히 소싯적 밀라노에서 너무 고생한 기억이 있어서 이 도시에 다시 오고 싶지 않았다. 그러나 어쩔 수 없었다. 피겨스케이트 경기는 밀라노에서 열렸고 내 딸은 대한민국 국가대표 선수이니까…. 그러니 엄마이자 스폰서인 내가 어찌 밀라노에 오지 않을 수 있었겠느냔 말이다!

올해 열다섯 살이 된 주미는 지난주 쇼트 경기에서 세계 신기록을 수립했다. 그날 난 너무 흥분해서 기어코 마시는 우황청심환을 하나 까먹어야 했다. 오늘은 우리 딸 순서가 상당히 뒤쪽이다. 아씨! 앞에서 못생긴 애들이 어찌나 못하던지 지겨워 죽는 줄 알았다! 마침내 나왔다! 오! 내 딸 주미!

솔직히 나는 피겨스케이트에 대해 잘 모른다. 이균 씨가 여러 번 설명해 줬는데 그 점프가 그 점프 같고 너무 빨라서 눈에 보이지도 않는데 두 바퀴인지 세 바퀴인지는 또 어떻게 알아? 그런데 딱 하나 아는 것이 있다. 피겨점프 중에는 유일하게 앞을 보고 뛰는 게 하나 있는데 악셀이란 점프다! 주미가 뛰는 점프 중에 가장 배점이 높고 중요한 것이라고 이균 씨가 이야기했었다.

여하튼 우리 주미는 붉은색과 검은색이 마치 불꽃처럼 어우러진 의상을 입었다. 내가 디자인한 거다! 히히! 이리저리 얼음판을 돌아다니며 뭔가를 점검한다. 그러다가 감독인 지 아빠랑 뭐라고 이야기도 했다가…. 이제 좀 빨리 하란 말이다. 엄마 지금 되게 지겨워!

오! 드디어 시작한다.

드디어 주미의 프리 작품이 시작되었다! 아무리 내 딸이지만 어떻게 인간이 저렇게 아름다울 수가 있느냐? 아름답다! 예뻐 죽겠다! 앗! 그런데 하필이면 가장 중요하다는 악셀에서 넘어지고 말았다! 하지만 전혀 개의치 않고 나머지 연기는 훌륭히 마쳤다.

주미는 종합 순위 2위를 기록했다. 남아있는 애들도 얼마 없는데 그나마도 허접한 애들뿐이라 이 순위는 마지막까지 유지될 것 같다. 주미가 어색한 웃음으로 손을 흔들며 퇴장했다. 저 표정 엄마인 나는 안다. 쟤 지금 머리 꼭대기까지 화났다! 주미는 은메달을 목에 걸었다. 금메달은 야리꾸리하게 생긴 어떤 이탈리아 여자애가 따갔는데 이름도 기억 안 난다.

며칠 후 주미의 갈라쇼까지 모두 보고 나서 우리는 베네치아의 펜트하우스로 놀러 갔다. 이곳은 이제 세를 놓지 않는다. 그래서 홈스테이 신청 따위는 필요 없었다. 우리는 우리가 원한다면 언제라도 이곳에 머무를 수 있다.

외할아버지, 외할머니, 엄마, 아빠, 우리 딸내미들…. 온 식구가 다 왔다. 아, 그리고 난 이제 딸 셋의 엄마다. 이균 씨와 나 사이에서 딸아이가 하나 더 태어났다. 이제 막 백일잔치를 치른 이 아이의 이름은 '진이'다.

예전부터 준희가 강아지를 사달라고 졸라댔는데 동생이 생긴 후부터는 그런 이야기를 안 하게 되었다. 다행이다! 그런데 준희야, 동생은 애완동물이 아니란다.

산타루치아의 어머니도 펜트하우스로 오셨다. 우리보다 먼저 오셔서 기다리고 계셨다. 그리고 맛있는 'Lorenzo' 스타일의 해물 요리를 우리에게 해주셨다.

어머니는 아직도 준희를 끌어안으실 때면 눈물을 찔끔 흘리신다. 준희도 자신과 똑같은 할머니의 파란 눈을 바라보면 뭔가를 느끼는 듯하다. 이제 그 아이도 일곱 살이니까….

새엄마랑 포옹할 때도 어머니는 눈물을 찔끔 흘리신다. 엄마도 똑같이 눈시울이 붉어지신다. 동병상련이다! 두 분은 자식을 먼저 보낸 경험이 있는 사람들이다. 내가 아무리 나름대로 기구한 인생을 살았다 한들 저 두 분의 인생에는 비할 수 없을 것이다.

준희는 드넓은 펜트하우스를 종횡무진으로 뛰어다니고 있다. 그래 뛰어라! 괜찮다! 아래층도 우리 집이란다! 어쨌거나 나는 오늘 밤 너무 신이 났다! 내 생에 이렇게 아름다운 밤은 처음이야!

"얘들아! 내일 오전에 비행기 타고 한국 가야 하니까 너무 밤늦게까지 놀지 말아라!"

뭔가 마음에도 없는 말을 습관처럼 아이들한테 했다. 이균 씨가 이런 나를 보더니 인상을 찡그렸다.

"민주 씨나 밤늦게까지 놀지 말아요! 뭔 술을 그렇게 병째 들고 마셔요?"

또 잔소리! 이 남자는 남자가 왜 이렇게 잔소리가 많은 거야? 나는 '그러지 말고 너도 한잔해라!'라며 그이에게 술병을 들이댔다. 하지만 이균 씨는 예전에 알코올 중독을 겪은 적이 있어서인지 거절했다. 그런데 진짜, 내가 이 와인병을 왜 들고 있는 거지? 잉잉!

이런 와중에 인상을 찡그리고 있는 사람이 하나 있다. 주미 말이다! 어린 녀석이 한숨을 푹푹 쉬면서 축 늘어져 있었다. 이균 씨가 주미에게 다가갔다.

"주미야 괜찮아…. 잘했어! 원래 홈그라운드 아닌 곳에서 금메달 따기 힘들어…. 다음에 더 잘하자."

이균 씨가 말했다. 그랬더니….

"아빠! 코치라는 사람이 그게 할 소리야? 내가 금메달을 못 딴 거는 넘어져서 그런 거야! 어웨이라서 그런 게 아니라고! 김연아는 어떻게 미국에서 금메달을 땄대?"

헐! 어떻게 해? 난 요새 얘가 너무 독해지고 있는 거 같아 걱정이다. 애 아빠가 완전 쫄아서 한마디 대꾸도 못 한다. 주미야, 엄마는 요새 너를 보면 자꾸 강민아 씨가 연상된단다. 그때 갑자기 어디선가 내 핸드폰 벨 소리가 났다.

"얘, 누가 엄마 핸드폰 갖고 있니?"

난 이렇게 소리를 질렀다.

"당신이 손에 쥐고 있잖아요!"

이균 씨가 고개를 흔들며 이렇게 말했다. 창피했다. 나 지금 취했나? 그런데 누구지? 한국에서 온 전화였다. 모르는 번호였다. 난 모르는 번호는 원래 안 받는데…. 에라이 기분이다! 한번 받아주자!

"여보세요?"

난 혀 꼬인 소리 안 내려고 집중해서 전화를 받았다. 아주 잘한 거 같아!

"여보세요? 혹시 서민주 고객님이신가요?"

어라? 누구지? 내 이름도 아네?

"네 맞는데요. 그쪽은 누구시죠?"

내가 되물었다.

"네…. 저는 한국화재보험의 사고전담 매니저 김동건이라고 합니다. 6년 전에 남편분의 교통사고를 처리했던 직원입니다. 아마 기억은 못 하실 것 같습니다만…."

그 말을 들으니 갑자기 술이 확 깼다. 무의식적으로 주변을 둘러봤다. 내 식구들은 분명 여기 다 있다. 괜찮아! 누가 또 사고를 당했을 리는 없어!

"아 네…. 그런데 무슨 일이시죠?"

나는 되물었다. 그러자 전화기 속의 남자는 잠시 무엇인가를 망설였다.

"박석대라고 기억하십니까? 당시 사고 때 가해자였던…."

박석대…. 한동안 잊고 살았다. 전남편을 무참히 죽여버리고 내 꿈을 일순간에 뭉갠 그 사람….

"네, 기억합니다."

내가 대답했다. 그런데 이 사람 왜 자꾸 이렇게 뜸을 들이면서 말하는 거야?

"원래 이런 거 말씀해 드리면 절대 안 되는 건데…. 왠지 서민주 님께는 꼭 전달해 드려야 할 것 같아서 전화를 드렸습니다만…."

점점 짜증이 나기 시작했다. 잊지 못할 6년 전 사건을 지금 와서 대체 나한테 왜 다시 이야기하는 건데? 그리고 뭔데 자꾸만 질질 끄는 거야?

"저기요! 본론만 간단히 말씀하시죠! 자꾸 말 돌리지 마시고…."

난 수화기에다 대고 대뜸 화를 냈다.

"죄송합니다. 바로 말씀드리겠습니다. 박석대가 어젯밤에 또 술을 먹고 운전을 하다가 교통사고를 냈습니다."

또 교통사고라고? 나는 무의식중에 다시 한번 주위를 살펴보았다. 괜찮아! 내 가족들은 모두 다 잘 있어! 하다못해 산타루치아에 사시는 어머니도 지금 내 눈앞에 있어!

"아 그래요? 그 사람이…. 이번에도 또 누구를 죽였나요?"

내가 다시 물었다.

"아니요. 자기가 죽었습니다."

29
최고의 복수

강동병원은 이름 그대로 서울 강동구 끝자락에 위치해 있다. 준희 친아빠가 죽은 그날에 나는 만삭의 몸을 이끌고 이 병원을 찾아갔었다. 그날의 악몽은 6년이 지난 지금도 가끔 내 꿈에 나타난다.

그때는 할증료 줘가며 택시를 타고 그 병원에 찾아갔었는데 지금은 직원 기사가 운전하는 의전차량을 타고 편하게 가고 있다. 조수석에 수행원도 한 명 태워서 데리고 가고 있다. 오늘 자칫 내가 '불미스러운 일'을 당할까 염려된다며 이균 씨가 경호원을 한 명 데리고 가라고 충고했기 때문이다.

사실 난 의전차량을 평소에 잘 안 탄다. 기사를 쓰는 것보다 내가 직접 운전하는 게 더 편하고 무엇보다도 난 검은색 차가 너무 싫다! 그래서인지 나 오늘 뭔가 되게 어색하다.

"김 기사! 저 앞 은행 앞에서 잠깐 세워요. 부의금 준비하는 것을 깜빡했네…"

이렇게 하면 되는 건가? 무슨 코미디프로의 한 장면 같은데?

"네 사장님."

음, 기사 아저씨 목소리가 멋진데?

나는 은행에 들러서 돈을 두둑이 찾았다. 얼마인지는 나중에 말해줄게! 내 남편이 누워있었던 바로 그 장례식장에 내 남편을 죽인 박석대가 지금 누워있단다. 분명 발인은 내일이라고 했다. 그렇다! 난 지금 박석대의 장례식에 조문하러 가는 중이다.

병원에 도착했다. 나는 수행원과 함께 차에서 내려서 장례식장으로 걸어갔다. 수행원 이 친구, 일어서니까 체격도 좋고 키도 훤칠한데? 나도 한 '떡대' 하는데 이 애 옆에 있으니까 내가 가냘파 보인다. 앞으로 자주 데리고 다녀야겠다.

나는 안내 전광판에서 박석대란 이름을 찾았다. 3호실이었다. 빈소에는 제법 사람들이 많았다. 난 구두를 벗고 안으로 들어갔다. 미망인이 혼자 빈소를 지키고 있었다. 처음 보는 사람이었다. 하지만 그녀는 내가 누군지 분명 알고 있었다. 왜냐고? 내 얼굴을 보자마자 사시나무 떨듯이 떨기 시작했거든….

나는 먼저 고인에게 정성을 다해 절을 올렸다. 그리고 실례를 무릅쓰고 영정에 좀 가까이 다가갔다. 어떻게 생겼는지 보고 싶었다. 난 이제껏 박석대의 이름만 들었지 그를 본 적이 없었다. 재판장에도 강민아 씨가 갔었다. 난 그때 애 낳고 병원에 누워있었으니까….

지금껏 나는 박석대의 모습이 뿔 난 악마나 괴물 같을 것이라 상상했었다. 그런데 영정으로 처음 만나본 그는 믿을 수 없을 만큼 순박한 얼굴을 하고 있었다.

이어서 나는 미망인과도 맞절했다. 미망인이 부들부들 떠는 것이 바닥을 통해 전해졌다. 인사를 마치고 나는 접대실로 나와서 아무 평상에 앉았다. 미망인은 손수 이것저것 음식을 담아와 내 앞에 차려줬다. 그리고는 내 맞은편에 무릎을 꿇고 앉아서는 고개도 똑바로 쳐들지 못했다.

"제가 누군지 아세요?"

내가 물었다. 미망인은 한참이나 아무 말도 하지 못했다.

"죽을죄를 지었습니다. 사모님…."

그래, 내가 누군지는 정확히 아는 거 같았다. 나는 바깥에 서있는 수행원에게도 들어오라고 손짓했다. '너도 와서 밥 먹어!'라는 뜻이었다. 수행원을 괜히 고생시킬 필요는 없으니까…. 어쨌거나 이균 씨가 걱정한 '불미스러운 일'은 오늘 일어나지 않을 듯했다.

"편하게 앉으세요. 저 오늘 뭐 따지러 온 거 아니에요. 명복 빌러 온 거예요. 진짜로…."

내가 이렇게 말했지만, 미망인은 요지부동이었다.

"그럴 수 없습니다. 죽을죄를 지었습니다."

에혀, 뭐 그럼 그러시든가? 난 분명 편하게 앉으라 했다! 왠지 목이 타서 맥주를 한 캔 땄다. 그냥, 한 잔 쭉 들이켰다. 근데 맥주가 좀 미지근하네! 더 찬 거는 없나?

정적이 흘렀다. 주위를 둘러보니 우리 근처에는 사람들이 별로 안 앉았다. 분위기가 안 좋은 것을 알아챘는지 우리 근처에 앉았던 조문객들이 슬그머니 복도로 나가버린 듯했다.

"사실 제가 고인에 대해 아는 게 하나도 없어요. 어떤 분이었는지 말씀해주실 수 있나요?"

분위기가 영 썰렁해서 내가 먼저 다시 말을 꺼내보았다. 미망인은 침을 꿀꺽 한 번 삼키고는….

"이렇게 말씀드리면 사모님께서 저더러 '쳐죽일 ×!'이라 욕하실지 모르시겠지만…. 그이는…. 정말 좋은 사람이었습니다."

미망인은 숨진 자기 남편에 관해 이야기하기 시작했다.

박석대…. 75년생으로 향년 45세였다. 그는 작은 시행사를 경영했는데 주변으로부터 의롭기로 소문이 자자했던 것 같다. 겨울이면 보육원에서 봉사도 많이 했고 기부금을 내더라도 결코 이름을 밝힌 적이 없었다고 한다.

그의 한 가지 흠이라면 거의 일주일 내내 술 약속이 없는 날이 없었다고 하는데 그렇다고 술주사가 있었느냐 하면 그런 것은 아니었다. 박석대에게는 딸 하나, 아들 하나가 있는데 아이들은 술 먹고 들어온 아빠를 더 반겼다고 한다. 재미있게 놀아주기 때문에….

그는 남을 돕는 데에는 인색하지 않았지만 자기 자신한테는 몹시도 인색한 사람이었다. 구두 한 켤레를 사면 10년도 신었고 남들 쓰던 물건도 자주 얻어 썼다고 한다.

"이 구두 좀 보세요. 일곱 번이나 고쳐 신은 거예요. 요새 누가 이런 거 신고 다녀요? 다른 사람들은 그렇게 돌봐주면서 자기는…."

미망인은 박석대의 유품 같아 보이는 신발 한 짝을 보이면서 말을 차마 잇지 못해 오열했다.

그런데 재앙은 이런 그의 인색함과 술이 만났을 때 일어났다.

업무상 어쩔 수 없이 차를 가지고 나갔다가 술자리를 가졌으면 당연히 대리기사를 불러야 하는데 박석대는 대리기사 비용이 아까워서 자주 음주운전을 했다. 그러면 술이라도 먹지 말아야 했는데 성격 좋은 박석대는 남이 따라주는 술을 거절하는 법이 없었다.

6년 전에도 박석대는 음주운전을 했고 무고한 준희의 친아빠를 숨지게 했었다. 그 죄에 대한 대가로 그는 3년 형을 선고받았다. 복역 후 그는 운전면허제외 대상자가 되어 3년 동안이나 운전을 하지 못했다. 그러다가 작년 말에 다시 운전면허증을 취득했다.

최근 박석대의 회사가 심각하게 힘들었다고 한다. 회사 사정이 안 좋아서 사무실 직원들도 대부분 내보냈고 경리일부터 사업제안서 작성까지 모든 업무를 혼자서 다 했다고 한다. 한 달여 가까이 집에도 못 들어왔지만, 미망인에게는 단 한 번도 힘들다는 내색도 안 했다고 한다.

그런 그에게 희망이 찾아왔다. 모 기업에서 공장을 새로 짓는데 그 공사에 박석대의 회사도 참여할 수 있게 된 것이다. 그래서 그는 자축도 할 겸 그리고 고객사 직원분들을 모시고 사례도 할 겸 좋은 회식 자리를 마련했다. 그런데 문제는 박석대가 그 술자리에 또 차를 몰고 나갔던 것이다. 이것이 이틀 전에 있었던 일이다.

회식을 마치고 만취 상태에서 박석대는 운전대를 잡았다. 게다가 자기 딴에는 잘해준다고 고객사 직원 한 사람도 태웠다. 집까지 모셔다 드리겠다며….

그렇게 두 사람이 탄 박석대의 차는 천호대로를 약 20분간 달렸다. 당시 박석대의 컨디션은 최악이었다. 일하느라 연일 잠도 못 잤고 술도 잔뜩 마셨다. 게다가 추운 겨울에 자동차 히터까지 틀어놨으니 아마도 눈꺼풀이 천근만근이 되었을 것이다.

어느 사거리에서 박석대의 차량은 정지신호를 무시하고 그대로 달려가 맞은편에서 신호를 기다리면서 서있던 시내버스를 정면으로 들이받았다.

함께 타고 있던 고객사 직원은 현장에서 숨졌다. 시내버스에 타고 있던 승객 20여 명도 다쳤다. 목숨을 잃은 사람은 없었으나 그중에는 꽤 심하게 다친 사람도 있었다. 박석대는 강동병원으로 신속히 이송되었으나 한 시간도 버티지 못하고 사망했다.

박석대가 미망인에게 남긴 첫 번째 유산은 31건의 고발장들이었다. 숨진 고객사 직원의 유족들과 버스를 타고 있다가 다친 승객들은 고인을 고발했다. 새삼 옛날에 잠실동 엄마들을 두들겨 팼다가 고발당했던 일이 떠올랐다.

박석대가 한 달간 사력을 다해 겨우 얻은 공장 건설 프로젝트는 다른 회사로 넘어갔다. 미망인은 남편의 회사 일에 대해서 아는 것이 없었기 때문에 고객사의 일방적 계약취소에 대해 어떻게 대응해야 할지 몰랐다. 아니 설령 사업이 예정대로 진행된다고 하더라도 남편을 대신하여 업무를 진행할 능력이 그녀에게 있을 리 만부당했다.

간밤에는 이미 박석대의 채무자들이 우루루 몰려와 한바탕 난장판을 벌였던 것 같다. 박석대와 친분이 두터웠던 조문객들이 몸싸움까지 벌여가며 빚쟁이들을, 일단은, 쫓아냈다고 한다.

"그냥 눈앞이 캄캄합니다. 사모님께 하소연할 주제는 못 되지만…. 죄송합니다. 이런 말씀 드려서…."

미망인이 긴 이야기를 마쳤다. 이걸 다 듣고 나니까 내가 막 술이 땡겼다.

"저기요. 죄송한데 맥주 좀 찬 거 없나요?"

내가 이렇게 이야기하니까 미망인이 얼른 뛰어가서 냉장고를 열고 일일이 만져가며 차가운 맥주캔을 골라왔다. 직접 캔을 따서는 컵에 따라주기도 했다. 나는 한 잔 더 들이켰다. 차가우니까 훨씬 낫네!

"지금 그 심정 잘 압니다. 저도 똑같은 일을 겪었으니까요. 뭐랄까? 그때를 돌이켜 생각해 보면 아마 팔이 하나 잘려나가도 그때만큼 아프지는 않을 거 같아요."

내가 이렇게 말하니까 미망인이 다시 고개를 숙였다. 그때 나는 준비했던 부의 봉투를 꺼냈다. 직접 건네주고 싶어서 부의함에 넣지 않았었다.

"조의금입니다. 부의함에 넣는 것을 깜빡했네요. 함 열어보세요."

미망인은 조심스럽게 봉투를 두 손으로 받았다. 그리고는 살며시 봉투를 열어보았다. 그녀는 입을 다물지 못했다. 왜냐하면, 내가 거기다가 천만 원짜리 자기앞 수표를 석 장 넣어놨거든….

"이걸 제가 어떻게 받아요? 사모님! 이러지 마세요! 제가 전 재산을 사모님께 바쳐도 모자랄 판에…."

한동안 '그냥 받아 넣어라!', '못 받겠다!' 하는 실랑이가 미망인과 나 사이에 오갔다. 마침내 내가 확 윽박지르고 나서야 미망인은 돈 봉투를 집어

넣었다. 나는 내친김에 정찬일 변호사님도 소개해 줬다. 나는 변호사님의 명함을 지갑에서 꺼내어 내밀었다.

"이분 엄청 실력 좋은 변호사예요. 제가 소개해 줬다고 하면 잘해줄 거예요. 그리고 제 연락처도 알려드릴 테니 힘든 일 있으면 전화하세요. 제 번호가 010-344…."

한번 윽박질러 놨더니 이제는 시키는 대로 잘한다. 미망인은 내 번호를 꼭꼭 눌렀다.

"제 이름은 '서민주'예요. 저한테 전화해 보세요! 저도 그쪽 전화번호 저장해 두게…. 저는 모르는 전화는 안 받거든요."

미망인이 내 번호로 전화를 걸었다. 수신번호가 뜬다. 이것이 저 사람의 전화번호인가?

"미망인분 성함은 어떻게 되시나요?"

내가 이렇게 물었다. 그런데 놀라운 답변을 들었다.

"사실 제 이름도 '민주'예요. '송민주'…."

나는 잠시 할 말을 잃었다. 나와 같은 기구한 인생의 당신! 하필이면 너는 이름마저도 나와 같은 '민주'였냐?

"민주라는 이름이 드문 이름은 아니잖아요. 제 친구 중에는 민주가 둘이나 더 있어요. 김민주, 정민주…."

그런 거 같긴 한데…. 난 모르겠네, 친구가 별로 없어서….

"은혜를 원수로 갚는 일도 허다한 요즘 세상에 어떻게 사모님은 원수를 은혜로 갚으십니까? 이 은혜는 죽어도 잊지 않겠습니다!"

미망인…. 그러니까…. 송민주 씨는 이렇게 말하면서 나에게 큰절을 올렸다. 한마디 할까 말까 하다가 그냥 말았다. 나는 회사에 가봐야겠다는 말을 하고는 자리에서 일어났다. 빈소를 나오는 길에 박석대의 영정을 다시 한번 보고 나왔다. 느낌인지 착각인지…. 사진 속의 그의 표정이 조금 전보다 더 밝아 보였다.

송민주 씨는 물론이고 조문객들까지 우루루 나와 내가 차에 탈 때까지 배웅해 줬다. 차에 타기 직전에 나는 기어코 송민주 씨한테 한마디 하고야 말았다.

"저랑 약속 하나 해요! 절대로 포기하지 않겠다고! 너무너무 힘들어서 이젠 정말 포기해야겠다는 생각이 들면 포기하기 전에 저한테 전화하세요. 도와드릴게요!"

송민주 씨는 내 말을 듣더니 또 한 번 땅바닥에 엎드려 나에게 큰절을 올렸다. 마침내 나는 차에 탔다. 수행원이 내 차 문을 닫아주고 자기도 조수석에 탔다.

"김 기사! 회사로 갑시다."

하다 보니 이것도 점점 자연스러워지는 것 같다.

우리 차는 회사를 향해 움직이기 시작했다. 나는 아직도 파브리지오 선생님의 일기장을 들고 다닌다. 원본은 별도로 보관 중이고 아예 책을 여러 권으로 제본해서 하나씩 들고 다닌다. 분명 34페이지쯤이었던 거 같은데? 그런 구절이 분명히 있었는데? 아 여기다. 여기 파브리지오 선생님이 일기장에 써놓으시길….

'세상에서 가장 시원한 복수는 용서다!'

나 오늘 박석대한테 아주 그냥 시원하게 복수했다!

30
쇼핑이 좋아!

2019년도 벌써 반 이상 지나갔다. 8월이다! 오늘은 내 생일이다! 대한민국 역사상 오늘이 가장 더운 날씨가 될 거라는 일기예보가 있었다.

새엄마는 지난 5월에 이탈리아를 한 달 정도 다녀오셨다. 산타루치아의 어머니로부터 'Lorenzo' 해물 요리 비법을 배워오기 위해서였다. 엄마는 한국으로 돌아오셔서 'Lorenzo' 분점을 차리셨는데 장사가 제법 잘된다.

그러나 오늘 Lorenzo 식당은 휴무이다. 이곳에서는 오늘 나의 성대한 생일파티가 치러질 것이기 때문이다.

그때 식당 문이 열리더니 아빠가 나타나셨다.

"내가 왔다! 아이고, 더워라! 왜 이렇게 덥냐? 미안하다. 좀 늦었다! 아이고 마지막 바둑 한 판에 상대방이 얼마나 장고를 두던지…."

아빠에게는 얼마 전 엄청난 사건이 있었다. 아빠의 어릴 적 꿈은 원래 프로바둑기사였다. 그러나 가정 형편이 좋지 않아 고교 졸업 이후 바둑기사의 꿈을 포기하고 회사에 취직하셨다. 아빠는 재작년에 창고 임대업을 청산하시고 작은 기원을 하나 차리셨다. 그리고 바둑 공부도 열심히 하셨다.

지난 3월 바둑TV 최고의 빅뉴스는 70세 할아버지가 프로바둑 입단 대회에서 우승했다는 소식이었다. 그 할아버지가 우리 아빠였다. 아빠는 평생에 꿈꿔오던 프로바둑기사가 되셨다.

오늘 이 자리에 강민아 씨는 못 왔다. 왜냐하면, 지금 신혼여행 갔거든! 올해 마흔아홉 살 울트라 올드 미스 강민아 씨는 지난주 토요일에 여덟 살 연하의 남자랑 결혼했다. 뭐 하는 사람이었는지 기억도 안 난다. 그런 것은 중요하지 않다. 중요한 것은 '그 자식은 이제 죽었다!'는 것이다. 결혼식 날 난 신랑한테 이렇게 말해주었다.

"민아 언니 열받으면 이태리말 나와요! 이태리말 듣지 마세요!"

하하! 그런데 내 남편 이균 씨는 지금 어디 있지? 그럼 그렇지! 또 글을 쓰고 있다. 현재 이균 씨의 직업은 소설작가 지망생이다.

이 남자도 참 신비로운 인간이다. 이균 씨는 어릴 적부터 소설작가가 되는 게 꿈이었다고 한다. 그러던 어느 날 피겨스케이트 지망생이었던 주미의 친엄마를 보고는 한눈에 반했는데 그때부터 피겨스케이트를 시작해서 주미 친엄마랑 결혼도 하고 올림픽 대표까지 되었던 것이다!

올림픽 때 무리하여 망가진 무릎이 더욱 안 좋아져서 최근에 이균 씨는 마침내 미뤄왔던 인공 무릎관절 이식 수술을 했다. 수술은 성공적이었으나 그이는 더는 얼음판에 설 수 없게 되었다. 그러자 과감하게 피겨스케이트의 인생을 접고 작가의 길을 가기 시작했는데 문제는 그이가 쓴 책이 한 권도 안 팔린다는 것이다.

열심히 글을 쓰고 있는 이균 씨 옆에는 주미가 거울을 보고 피겨스케이트 동작을 연습하고 있다. 주미는 4년 뒤 올림픽 금메달을 따기 위한 훈련 외에 요새 아무것도 안 한다. 물론 공부도 안 한다! 지난 3년간 전교 꼴등을 한 번도 놓친 적이 없다. 설마 나처럼 퇴학당하는 거는 아니겠지? 잉잉!

나? 나야 뭐 여전히 잘나간다. 난 요새 거의 디자인을 하지 않는다. 경력 관리 차원에서 유명한 컬렉션에 출품할 작품만 조금 만들 뿐이다. 그렇다고 경영업무를 하느냐 하면 그것도 아니다. 회사경영은 강민아 씨가 끝내주게 해주니까! 나는 회사에서 주로 디자이너들을 가르치며 지낸다.

선천적으로 타고난 재능은 무시 못 한다. 그러나 재능도 교육을 받지 않으면 무용지물일 뿐이다. 지금의 남편인 이균 씨가 나를 가르쳤고 사별한 남편인 로봇남 교수가 나를 가르쳤다. 그들은 혼신의 힘을 다해서 나를 가르쳤다. 그들의 헌신적인 교육이 '쇼핑중독에 걸린 망나니 계집애'를 '세계적인 아티스트'로 만들어놓은 것이다. 누구를 가르친다면 최소한 이 정도는 해야 한다고 난 생각한다.

그래서 나도 혼신의 힘을 다해서 직원들을 가르친다. 때론 윽박지르고 때론 구슬리고 온갖 방법을 다 써서 가르친다. 처음에는 밑 빠진 독에 물 붓기 같다. 그러나 한 달이 지나고 두 달이 지나면 어느새 그 밑 빠진 독에도 물이 제법 차오르고 있는 게 보인다. 나도 한때 밑 빠진 독이었다. 내가 겪어봤기 때문에 그들의 마음이 어떨지도 잘 안다. 우리 회사는 올해에 포츈지가 선정한 100대 기업 중 76위를 차지했다. 포츈지 기자도 토니번의 직원 교육 프로그램을 크게 칭찬했었다.

일 말고 취미는 없냐고? 여전히 나의 유일한 낙은 쇼핑이다. 서민주가 쇼핑이 싫어졌다면 그건 죽을 때가 되었단 뜻이겠지!

매주 토요일은 쇼핑하는 날이다. 내가 스스로 정한 거다. 토요일에는 나를 찾지 말아줘! 그러나 물건을 사는 경우는 많지 않다. 내가 검소해졌다고? 아니야 그런 게 아니야! 아무리 눈 씻고 찾아봐도 내가 만든 옷보다 멋진 옷이 없더라고! 그딴 것들을 왜 돈 주고 사는 거지? 나 재수 없지?

물건을 안 살 거면 무슨 재미로 쇼핑을 하느냐고? 뭘 잘 모르는 모양인데 쇼핑은 물건을 살 때보다 고르는 동안이 더 즐거운 것이다! 지르는 맛에 쇼핑하는 것은 '쇼핑중독'이고 고르는 맛에 쇼핑하는 것이 진정한 '쇼핑'인 거다! 마침 오늘도 토요일인데 빨리 생일파티 마치고 백화점에 가고 싶다! 오늘은 압구정동 현대백화점을 갈까?

아닌가? 간만에 가족들이 다 모였는데 쇼핑하는 거 한 주 건너뛸까? 그래 오늘 쇼핑은 한번 쉬자! 왜냐하면, 난 쇼핑보다 가족들을 더 사랑하니까! 다들 정말 사랑해!

(마침)